慣れない山道に迷い無人駅での一泊を余儀なくされた大学生の佐倉と高瀬。だが深夜，高瀬は一軒の理髪店に明かりがともっていることに気がつく。好奇心に駆られた高瀬が，佐倉の制止も聞かず店の扉を開けると……。第４回ミステリーズ！新人賞受賞作「夜の床屋」をはじめ，子供たちを引率して廃工場を探索する佐倉が巻き込まれる，ある夏の日の陰謀劇「ドッペルゲンガーを捜しにいこう」など全７編。奇妙な事件に予想外の結末が待ち受ける，新鋭による不可思議でチャーミングな連作ミステリ。『インディアン・サマー騒動記』を，改題・文庫化。

夜 の 床 屋

沢 村 浩 輔

創元推理文庫

NIGHT AT THE BARBERSHOP

by

Kousuke Sawamura

2011

目次

夜の床屋　九
空飛ぶ絨毯　五一
ドッペルゲンガーを捜しにいこう　一〇三
葡萄荘のミラージュ　Ⅰ　一五一
葡萄荘のミラージュ　Ⅱ　二二五
『眠り姫』を売る男　二三九
エピローグ　二九一
解説　千街晶之　三〇四

夜の床屋

夜の床屋

1

僕と高瀬《たかせ》は草深い山道を歩いていた。

初めて登った山で道に迷い、昼なお暗い山中を何時間も彷徨《さまよ》い、町に下りる道を見つけられないまま、夜が近づいていた。

通りかかる人もなく、携帯電話も通じず、もちろん寝袋の用意などない。

現在の僕たちの状況を表現するのに相応《ふさわ》しい語句がある。

「なあ、高瀬」僕はその言葉をとうとう口にした。「もしかして俺たち――遭難してるのかな」

「言うな、佐倉《さくら》」前を歩いていた高瀬が振り返った。「遭難と決めるのはまだ早い。要は気の持ちようだ」

そうだろうか？

「たとえばだ。俺たちは今、人跡未踏の幽谷を探検している」

とても、そうは思えない。第一、僕たちは探検家ではなく、迷える行楽客だ。

「この山に足を踏み入れたのは」高瀬が自分に言い聞かせるように呟く。「有史以来、俺たちが初めてかもしれない。すごい快挙じゃないか」

「有史以来、誰も入ったことのない山に、道があるのは不思議だ」

僕がぼそりと呟くと、高瀬は咳払いをした。

「これは……けもの道だろう」

「けもの道を辿《たど》っても、町には着かないと思うけど」

高瀬がぐっと言葉につまった。

「ま、すべての道は人の住むところに通じているはずだけどね」

僕は口調を和《やわ》らげて言った。高瀬がちらりと微笑を返す。気まずい雰囲気が幾分薄らいだ。しかし、夕闇はすぐそこまで迫っていた。あと三十分もしないうちに日が暮れるだろう。そうなれば人里離れた晩秋の山中で野宿するより他に方法はない。夜露《よつゆ》に濡れた冷たい草の上で眠る自分の姿を想像して、僕は思わず身震いした。

そのとき――前方の木立《こだち》のあいだに小さな明かりが見えた。


明かりをめざして歩くうちに線路に出た。遮断機も警報機もない小さな踏切がふいに現れたのだ。

何気なく線路の先を透《す》かして見ると、濃い藍色に沈んだ夕景の中に、小さな黄色い明かりがぽつりと灯《とも》っていた。

どうやら、明かりは駅の常夜灯らしかった。

「しかし困ったな」僕は友人に言った。「ここからどうやって駅まで行けばいいんだ」

山道は線路を跨《また》ぎ越すと、再び木立の向こうに消えていた。このまま道を進んでも駅には辿り着けそうになかった。

さて、どうするか。

「何してるんだ。早く行こうぜ」

高瀬の行動は明快だった。踏切から線路の軌道内へ入り込むと、そのままレールのあいだを歩き出したのだ。

「線路を歩いていくのか?」

僕は驚いて訊き返した。

「もちろん歩いていくんだ」高瀬が澄まして言った。「ざっと見て、駅まで五百メートルってとこだろう。大丈夫だって」

「電車が来たらどうするんだ」

「横に転がって逃げればいいじゃないか」高瀬がこともなげに言う。「とにかく行こう」

言いながら高瀬はもう歩き始めていた。

仕方がない。僕は前後を見渡して危険がないのを確かめると、しゃがみ込んで指先でレールに触れてみた。もしも列車が近づきつつあるのなら、レールに振動が伝わってくるはずだ。幸いそういう気配はなかった。

僕はため息をひとつついて、高瀬のあとを追った。

うまくいけば駅前のホテルか旅館に部屋をとり、よく冷えたビールと温かい食事にありつけるかもしれない。

そんな僕たちの儚《はかな》い願いは、駅に近づくにつれ雲散霧消《うんさんむしよう》していった。

まだ午後七時過ぎだというのに、ホームには人の気配がまったくなかった。真夜中のように静まりかえっている。

2

それもそのはず、ようやく辿り着いた僕たちのオアシス、蓼井《たでい》駅は無人駅だったのだ。

プラットホームは線路の片側だけ。ホームの中程にこぢんまりと建っている駅舎は木造の瓦屋根だ。ホームの反対側にも線路が見えるが、こちらは通常の線路ではなく、引き込み線のようだった。丈の高い枯れ草に半ば埋もれているのではっきりと確認できないが、引き込み線は敷地の角にある古びた倉庫まで続いていた。

駅舎内の改札口を抜けた先に待合室があった。左右の壁に木製のベンチが一脚ずつ置いてあるだけの簡素な部屋だ。天井にはちらつき始めている蛍光灯。出入り口に扉などないので風通しの良さは抜群である。

一縷《いちる》の望みを込めて壁に貼られた時刻表に見入った。蓼井駅を発着する上り列車は一日に僅《わず》か五本しかなかった。最終は午後五時三十二分。次の電車は翌朝の七時十八分である。

何度かため息をついたあとで、僕たちは運命を受け入れる覚悟を決めた。

「どうやら今夜はここで一泊しなきゃならないようだな」

「ま、仕方ないさ。とにかく飯でも食いに行こう」

ところが待合室の外に出た僕と高瀬を想像を絶する光景が待ち受けていた。

駅の周囲には何もなかったのだ。

「……嘘だろ。ホテルはおろか、コンビニも喫茶店もないじゃないか」

「それどころか、自動販売機さえないぜ」

駅前には雑貨屋や理髪店など数件の店舗らしき建物があったが、どの店もシャッターを下ろし、もしくは扉を閉ざしていた。店先の汚れ具合から推《お》して、もう長いあいだ営業していないのではないかと思われた。もしかすると住人すらいない廃屋《はいおく》かもしれない。

僕たちはすごすごと駅舎内に引き返した。

「なに、野宿することを思えば、ここは天国だ」

高瀬は快活に笑ったが、明らかに空元気《からげんき》であることが見てとれた。

待合室の硬いベンチに腰を下ろし、荷物を足元に投げ出すと、どっと疲れが襲ってきた。

「たしかにシャワーを浴びることはできないし、空腹を満たす希望も潰《つい》えた。だが喜ぶがいい。俺たちはのどの渇きとは無縁だ」

高瀬がリュックからコンロと珈琲《コーヒー》豆を取り出した。

「さあ、まずは旨い珈琲で旅の無事を祝おうじゃないか。どこかに水道があると思うんだ。佐倉、水を汲《く》んできてくれないか」

将来の話から、旧友の彼女の噂話まで、とりとめのないことを話しているうちに、僕も高瀬も欠伸《あくび》の回数が増えてきた。

時計を見ると、いつのまにか十一時を廻っていた。

「そろそろ寝ようか」

伸びをしながら僕は言った。

「そうだな。ちょっとトイレに行ってくる」

高瀬が待合室を出て行った。

僕はベンチの端にリュックを置き、その上に頭を乗せて横になった。目を閉じるとすぐにでも眠り込んでしまいそうだ。

靴音で高瀬が戻ってきたのが分かった。

「佐倉。もう寝たか?」

高瀬の声が微《かす》かに緊張していた。僕は片目を開けて高瀬を見上げた。

「どうした?」

高瀬は困ったように頭を掻《か》いた。「理髪店が、営業してる」

「は?」僕は思わず上体を起こした。「何だよ、理髪店て」

「ほら。駅の前に理髪店があっただろう」高瀬が言った。

「もしかして、さっき見たあの廃屋のことか……？」

高瀬がこくりと頷いた。

「トイレに行く途中で、何気なくロータリーの方を見たら明かりがついてるんだ」

「嘘だろ。人が住んでる気配なんてなかったぜ」

「信じられないだろうが」高瀬は肩をすくめた。「本当なんだ。嘘だと思うなら、自分の目で見てみろよ」

僕はしばらく友人の顔を見据えてから立ち上がった。冗談を言っているのでないことは顔つきで分かった。

財布をジーンズのポケットにねじ込むと、改札口を突っ切り、表に出た。

高瀬の言葉は本当だった。

最初に目に飛び込んできたのは、溌剌《はつらつ》と回転しているサインポールの光だった。

そして大きなガラス窓からこぼれる暖かい室内灯の明かり。

泥にまみれていた看板は綺麗に拭き上げられ、広場の反対側からでも〈三上《みかみ》理髪店〉の文字がはっきりと読み取れた。

「何の冗談だ、これは」

「俺が訊きたいよ」

僕は腕時計で時間を確かめた。午後十一時七分。良識ある理髪店が営業を始める時刻ではない。

僕たちはロータリーを横切って三上理髪店の前まで行ってみた。

店は見違えるように綺麗になっていた。

扉も窓も看板もぴかぴかに拭き上げられ、ドアには〈営業中〉の札がかかっている。もう認めるしかなかった。三上理髪店は本当に営業しているのだ。

窓ガラス越しにそっと中の様子を窺《うかが》ってみると、年の頃は五十前後の、白い上着に茶色のズボン、黒のサンダルという絵に描いたような理髪師が、鏡の前のトレイに鋏《はさみ》を並べていた。

「客はいないようだな」高瀬が呟く。

僕は辺りを見回して肩をすぼめた。「朝まで待っても一人も来ないんじゃないか」

「だけど、客が来るから店を開けるんだろう?」高瀬が言った。

「そりゃ、そうだけど……」

いったい、いかなる商売上の勝算があって、店主は店を開けたのだろうか。強く興味をそそられたが、想像もつかなかった。

「まあ、確かめてみれば分かるさ」

高瀬がドアに手をかけた。

「何をする気だ?」

「決まってるだろう。店主に直接訊いてみるのさ」

「待てよ」僕は慌てて彼の手を押さえようとした。「やっぱり止《よ》そう。何か嫌な予感がするんだ。——あれを見ろよ」

僕は建物とブロック塀のあいだの暗がりを指さした。そこには傷んだ屋根から滑り落ちた瓦の残骸が、たくさん散らばっていたのだ。

明らかにこの店は常軌を逸《いっ》している。だが——。

「何言ってるんだよ。大丈夫だって」

高瀬が取っ手をぐいと引いた。

キィイイ……とドアの蝶番《ちょうつがい》が軋《きし》む。

店主がはっとしたように振り返った。

3

「なるほど。そういうことでしたか」

店主の三上氏は愉快そうに肩をふるわせた。

僕と高瀬が蓼井駅に辿り着くまでの顚末《てんまつ》と、三上理髪店を訪ねるに至った経緯は三上氏を大いに楽しませたようだった。

「それは大変でしたねえ。——いや、笑っちゃ申し訳ありませんが」

そう言いながらも三上氏はしばらく笑いを抑えることができずにいた。

「だけど、あなたたちが突然入ってきたときは驚きましたよ。この店に一見《いちげん》のお客さんが来ることなんて、まずないですからね」

「すみませんでした」

「いえいえ。気にしないでください」

三上氏はいかにも客商売の人らしい愛想の良い人物だった。

「でも、たしかに二人とも疲れ切った顔をしてるね」

「えっ。そうですか」

僕は思わず頰に手を当てた。無精ひげがちくりと手のひらを刺す。肌に脂がじっとりと浮いていた。

「うん。頭もぼさぼさで」三上氏は微笑した。「東京ではそういう髪型が流行《はや》ってるのかと思いましたよ」

僕たちは苦笑した。たしかにひどい顔をしているだろうと思う。

「良かったらシャンプーしてあげようか」

「シャンプーですか?」

「うん。顔も剃ってあげるよ。気持ちいいと思うよ」

「いやあ。でも、あまりお金の余裕が無くて」

「もちろん無理にとは言わないけど。料金は五百円でいいよ」

「五百円ですか……」

「どうする?」

僕たちは囁きあった。本当ならシャワーを浴びたいところだが、それが叶わないのなら、頭だけでもさっぱりさせるのも悪くない気がした。

「今夜はひとり予約が入ってるんだけど、十二時からの約束だからまだ時間もあるし、私の方は構いませんよ」

「これからお客さんが来るんですか?」高瀬が訊いた。

「来ますよ」三上氏は頷いた。「だから店を開けたんです」

「どうしてこんな時刻に?」

「まあ、それは話せば長くなるから……」三上氏が微かに声のトーンを落とした。あまり話したくなさそうな口ぶりだった。

「もしシャンプーをしたら教えてくれますか」高瀬が遠慮がちに訊ねた。

「教える、というと?」

「なぜ、こんな夜中に営業するのか。その理由ですよ」

「別に悪いことをしているわけじゃないから」三上氏は鼻の頭を掻く。「知りたいのならお話ししますが」

高瀬がちらりと僕を見た。僕は頷いた。

「シャンプーをお願いすることにします」

「では、娘にも手伝わせましょう」

と三上氏が言ったので僕は少し驚いた。何となく、三上氏が一人でやっているような気がしていたのだ。

「夏美《なつみ》」と三上氏は店の奥に向かって呼びかけた。「ちょっと来てくれ」

はーい、と奥から返事が聞こえ、がらりと引き戸が開いた。

二十歳くらいの若い女性が、サンダルをつっかけて店に出てきた。

「こんばんは」彼女はゆったりとした口調でそう言うと、僕と高瀬にぴょこんと頭を下げた。

へえ、と僕は心の中で唸《うな》った。

三上夏美は切れ長の目をした垢抜《あかぬ》けた雰囲気の女の子だった。オリーブ色のサマー・セーターにジーンズという地味な服装にもかかわらず、不思議な色気を漂わせている。彼女はたっぷりと香水をつけていた。この場には少々不似合なほどの甘く濃厚な香りだった。

「こんばんは」高瀬がきびきびとした口調で言った。「よろしくね、夏美さん」

「こちらこそ」と夏美嬢は微笑《ほほえ》んだ。

高瀬はいそいそと彼女のそばの椅子に座った。

「じゃあお客さんは、こちらへ」

三上氏に促されて、僕は入り口側の椅子に腰を下ろした。

首から下を刈布で覆われ、背もたれを倒して仰向けになったところで、熱いタオルがふわりと顔に被せられた。それだけでうっとりするほど気持ちがいい。しばらく蒸らしてひげを柔らかくした後、シェービング・クリームが顔にたっぷりとつけられた。そして剃刀《かみそり》があてられる。あまりの心地よさに、そのまま眠ってしまいたくなった。

聞くともなしに隣の会話が耳に入ってくる。

案の定、話しているのはほとんど高瀬だ。夏美嬢はなかなか率直な性格のようで、高瀬の話に興味がなければ、「ふーん」、「へえー」とつまらなそうに受け流し、逆に高瀬の話に引き込まれたときには、「わかるわかるー」、「そういうこと、あるかもね」などと言う。そのいかにも眠たげな相槌が妙に愛嬌《あいきよう》になっていた。

「ところで、なぜこんな時刻に店を開けるのか、という質問でしたね」

剃刀を使いながら、三上氏の方から話を振ってくれた。

「ええ。ぜひ聞かせてください」

「理由はとても他愛のないことなんです」三上氏が少し照れたように言った。「お聞きになったら、きっとがっかりしますよ」

「実は私、去年の暮れに三上理髪店を閉めたんです」

「えっ」意外な言葉に僕は驚いた。「どういうことですか?」

「お客さんも、この辺りにほとんど住人がいないことに気づかれたでしょう。ここらは農業が主体の村なんですが、跡継ぎがいないし、儲《もう》からない。他にこれという仕事があるわけじゃないから若い人はどんどん都会に出て行ってしまう。もう二十年前からずっと人口が減り続けているんです」

僕は三上氏の顔を見上げた。彼は真剣な眼差《まなざ》しであごに沿って剃刀を滑らせていく。

「私も父の代から、この場所で商売をやっていますが、お客さんが減って食べていけなくなりました。それでも何とか頑張ってきたんですが、もう限界でした。私は店をたたみ、知り合いの紹介で隣町の工場に働きに出ました。理容師の仕事しか知らない私が、この歳になってから違う仕事をするのは辛いです」

三上氏は淡々と話した。

「ですが蓄《たくわ》えがあるわけじゃないので働かざるを得ません。向こうでの暮らしが落ち着いたら、ここも処分するつもりでした」

僕は黙って耳を傾けた。

「しかし数が減ったとはいえ、まだ住んでいる人もいます。私が廃業したので彼らが困ってしまったんです。何しろ、この辺りで理髪店といえば、うちしかありませんから。何人ものお客さんから辞めないで続けてくれないか、と頼まれました。それで皆さんと色々と話し合った結果、事前に予約を入れてもらって、そのときだけ店を開けることにしたんです」

なるほど。そういうわけだったのか。

「もちろん、昼間は工場の仕事があるので、店を開けるのは、どんなに頑張っても夜の十時、十一時になってしまうんです。でも、皆さんはそれでもいいから、と言ってくださってます」

「それで夜になって店が開いたんですね」

「そういうことです。といっても、もちろん儲けはありません。これまでずっとご愛顧頂いていたお客さんと、私が生まれ育ったこの土地への恩返しみたいなものです」

三上氏は微笑した。

「ね？　知ってみると、不思議でも何でもなかったでしょう」

「でも、聞けて良かったです」本心だった。

「つまらない話ですよ」

三上氏は小さく呟くと、鏡をスライドさせて洗面台を引き出し、お湯の加減を調節した。

「はい。どうぞ」

僕は頭を差し出した。力強い三上氏の指がシャンプーをつけた髪を泡立てた。

「かゆいところ、ありますか」と夏美嬢に訊かれた高瀬が、「ええと、その耳の後ろの、あ、そこそこ。ああ、気持ちいい」などと答えているのが聞こえる。仕方のない奴だ、さぞかし鼻の下が伸びているに違いない。

そのとき、ドアが軋みながら開いた。

「へえ、珍しいね。お客さんかね？」

と男の声がした。

「ああ、どうも。斉藤《さいとう》さん。もうすぐ終わりますから。親父さんに中に入ってもらって、ソファで待っててもらえますか」

「いや、それがよ」男が申し訳なさそうに言った。「親父がちょっと熱を出しちまってね。悪いけど、今日は止めにして欲しいんだわ」

「えっ。親父さん、風邪でも引いたんですか？」

三上氏はシャンプーを洗い流しながら男と話す。

「たぶん、そうだね。まあ、歳だからね、親父も」

「そりゃ、お大事になさってください」

「そんなわけで、せっかく店を開けてもらって悪いんだけど」

「いいですよ、そんなこと」三上氏が答える。「親父さんに、くれぐれもよろしく伝えてください」

「分かった。じゃあ」

「はい、どうも」

ドアが再び軋み、ぱたんと閉まった。

三上氏がシャワーを止めてタオルで僕の髪をごしごしとぬぐった。

「はい、どうぞ。これで顔を拭いてください」

手渡されたタオルで顔を拭くと、これ以上ないくらいさっぱりとした気分になった。

三上氏がドライヤーのスイッチを入れた。温風が吹き出す音に混じって、さきほどの男が乗ってきたらしいバイクの音が遠ざかっていくのが聞こえた。

駅の待合室に戻ると、僕たちは短くおやすみを言い合い、ベンチに寝ころんだ。

「あの夏美って子、なかなか可愛かったな」高瀬がひとりごとのように言った。

「でも、香水つけすぎだよ」僕は言った。

「俺たちのためにつけたんだよ」

「そうかな」

「そうに決まってる」

ほどなく高瀬の寝息が聞こえてきた。やがて僕も眠りに落ちた。

一度だけ、微かな気配で目が覚めたが、それは高瀬がトイレに立つ物音だった。トイレから戻ってきた高瀬が小さく呟いた。

「理髪店の電気、消えてたよ」

僕は半分眠ったまま、もぐもぐと返事をした。

4

翌朝、定刻通りにやって来た始発電車に乗り込んで、僕たちは町へと向かった。

乗客もまばらな三両編成の列車が、艶《つや》やかな紅葉の下をのんびりと走っていく。

わざわざ歩かなくても、こうして電車に乗って眺めていれば良かったわけだ。

僕と高瀬が一日かけて歩いた距離を、三十分ほどで走り抜け、列車は終点の登山口駅に到着した。

「とにかく朝飯を食おう」

高瀬が宣言した。僕も異存はない。健康な大学生が十二時間以上も、数枚のクラッカーしか口にしていないのだ。尋常な事態ではない。かりに人間に空腹の度合いを知らせるセンサーがついていたら、僕たちのセンサーはきっと大音量のサイレンをがなり立てているに違いなかった。

僕たちは最初に目についたログハウス風の喫茶店に飛び込んで、ホットドッグとミニサラダのモーニングセットを頼んだ。

無我夢中でお腹に詰め込み、食べ終わってからホットドッグがやけに美味《うま》かったことに気がついた。珈琲も素晴らしかった。

ふう、と満足のため息が漏れる。僕と高瀬は、硬いが座り心地の良い椅子に背中を預け、ゆっくりと珈琲の残りを味わった。

と、扉のカウベルが鳴って、ひとりの男が店に入ってきた。

「マスター。いつもの頼む。大至急ね」

男はカウンター席に腰を下ろしながら言った。出勤前のサラリーマンだろうか。勤め人にしては少々髪が長く、顔も長かった。歳は三十少し前くらいに見えた。

「おはよう。今日も朝から元気だね」

男は馴染《なじ》み客らしい。マスターが親しげに話しかける。

「あのね、マスター。俺、昨日は寝てないんだよ」

男はぼやいた。

「おおかた悪い遊びでもしていたんでしょう」珈琲を淹《い》れながらマスターが言う。「朝刊にも大したニュースは載ってなかったし、仕事で徹夜じゃないね」

「ま、色々あるんだよ。こっちもね」男が肩をすくめる。

「だけど、どんなに忙しくても食事の時間は削らないよね。あきさんは」マスターがからかうように言った。

「当たり前だ。これで食事を抜いたら倒れちまう」

男はふてくされたようにカウンターに片肘をつき、煙草《たばこ》に火をつけた。

「ほい、おまたせ」

マスターがどう見ても三人前はありそうな大量のミックスサンドを男の前に置いた。どうやら男が来るのを見越して用意しておいたらしい。

男は片っ端からサンドイッチにかぶりついた。

「少しは味わって食べて欲しいね」

マスターが苦笑いしつつ、湯気《ゆげ》が立ち上るマグカップをカウンターに置いた。男は無造作に珈琲を啜《すす》り、またサンドイッチに戻った。何とも気ぜわしい食べっぷりだ。

僕の向かいに座っている高瀬は、頬杖をついてぼんやりとした目を窓の外に向けていた。

「どうした。夏美さんのことでも考えてるのか?」僕は物思いに耽《ふけ》る友人をからかった。

高瀬はこちらに視線を戻すと、ちょっと妙な顔をした。「彼女のこと、どう思う」

「知らんよ」僕は呆《あき》れて言った。「自分で考えろ」

「昨日は疲れてたから、深く考えずに眠ってしまったけど」高瀬は僕の軽口には取り合わずに続けた。「今思うと、何だか奇妙だよな、あの二人」

「それは言えてる」僕も同感だった。

「考えれば考えるほど、何から何まで不思議だ」高瀬はもう一度言った。「どうして三上さんは、昼間の仕事を終えてから、わざわざ店を開けるのか」

「そりゃ、長年お世話になった馴染み客から頼まれたからだろう。田舎の人だから義理堅いんだ」

高瀬は僕の答えに納得できないようだった。

「じゃあ、夏美さんはどうだ。彼女が三上さんの奥さんなら理解できる。長年、亭主と一緒に理髪店を営んで蓼井の人に世話になったのならね。だけど、彼女はそうじゃない」

「彼女も義理堅いんじゃないか。見かけによらず」

「本当にそう思うのか」高瀬が意外そうに僕を見つめた。

「……いや、思わない」僕は肩をすくめた。

「それなのに彼女は父親と一緒に、あの崩れかけた理髪店で働いている。なぜなんだろう？」

僕は黙った。

「かりに三上家が理髪店の売り上げだけで暮らしているのなら、夏美さんだって家業を手伝わざるを得ないかもしれない」高瀬が言った。「だけど三上さんは工場で働いて生活しているんだぜ。理髪店を開けるのは、地元への恩返しというか、ボランティアみたいなものだろう?」

「そうだな」

「しかも夜の十一時だぞ。夏美さんなら、親の義理に付き合うより、友達と遊ぶ方を選びそうなんだがなあ……」

「ふむ」僕たちは考え込んだ。

「悪い。ちょっと電話をかけてくる。珈琲のお代わりを淹れておいてくれ」

カウンターの男がマスターに断って店の外に出た。ガラスの向こうに、男が携帯電話に向かって熱心に話している姿が見えた。

「でも実際に夏美さんは店にいてお前のひげを剃ったじゃないか」僕は言った。

「そうなんだけどさ」高瀬はあごを撫でた。「やっぱり不思議だ」

僕たちはすっきりしない思いを抱えたまま、ぬるくなった珈琲を啜った。しばらく黙って考えてみたが、納得のゆく答えは見つからなかった。

「なかなか興味深いお話をなさってましたね」

突然、頭の上から声が降ってきた。驚いて顔を上げると、カウンターにいたあの男が、湯気の立つマグカップを手に僕たちのそばに立っていた。男に背を向けて座っていた高瀬が怪訝《けげん》そうに男を見上げた。

「——失礼。私、こういう者です」

どことなく愛嬌を感じさせる仕草で男が名刺を差し出した。名刺には、〈はやぶさ通信社記者　秋本敏史《あきもととしふみ》〉と印刷されていた。

「よろしければ、今の話を詳しく聞かせてもらえませんか」

秋本さんはそう言って、にっこりと微笑んだ。


僕たちは店の奥にある四人がけのボックス席に移動した。

僕と高瀬は、できるだけ正確に昨夜のできごとを秋本さんに話した。

秋本さんはほとんど口を挟まず、僕たちがしゃべるに任せた。そのあいだに彼は煙草を三本灰にして、珈琲をお代わりした。

「――と、まあ、大体こんな感じなんですが」

「なるほどねえ」

秋本さんは足を組んでゆったりと椅子にもたれ、どこか茫洋《ぼうよう》とした眼差しで僕たちを眺めた。

「面白いな」

「面白いですか?」

「ああ。なぜ三上氏がそんな嘘をついたのか、とても興味がある」

「どうして嘘だと断言できるんですか?」高瀬が訊いた。

「飯を食ってるときに、君たちの会話がふと聞こえてきてね」

秋本さんは新しい煙草をくわえながら言った。

「何だか面白そうな話だったから、蓼井町の役場に電話をして訊いてみたんだ。三上理髪店が今でも地域住民のために店を開けているそうですね、と。すると向こうはなんて答えたと思う？　そんな話は初耳だと驚いてた。言っておくがその人は三上理髪店の常連だった人だ。その彼が知らなかったんだ」

「本当ですか……」僕は呆気にとられた。

「三上氏が理髪店を廃業して隣町の工場で働いているのは事実だった。工場の近くのアパートで一人暮らしをしているのも本当らしい。だが、それ以外はでたらめだ」

「一人暮らし？　じゃあ、夏美さんは――」高瀬が訊いた。「彼女は三上さんの娘じゃないんですか？」

秋本さんは煙をゆっくりと吐き出した。「三上氏に娘はいない。奥さんを二年前に亡くして天涯孤独の身の上だそうだ」

「存在しないんですか！」僕と高瀬は顔を見合わせて絶句した。どこか秘密めいたところのある女性だとは思っていたが、まさか実在しない人物だったとは……。

「……いったい、どうなってるんですか」僕はそう訊くのがやっとだった。

秋本さんは微笑した。

「それを、これから三人で検討してみようじゃないか」

5

「じゃあ、まず第一の疑問だ」秋本さんが言った。「三上氏はなぜ、君たちに作り話を聞かせたのか」

「そりゃ俺たちが訊いたからですよ。どうしてこんな夜更けに店を開けるんですかって」と高瀬が答えた。

「でも三上さんは本当の理由を答えたくなかった」僕は続けた。「だからとっさに作り話で誤魔化した」

「まあ、そんなところだろうな」秋本さんが頷く。「では三上氏が隠そうとした深夜営業の本当の理由とは何か」

「うーん。何だろう……」高瀬が考え込む。「分からないなあ」

「もう一度訊くけど、君たちが駅に着いた時点では、三上理髪店はひどく汚れていたんだね」

秋本さんはその点が気になるようだった。

「ええ」僕は頷いた。「最初に見たときには廃屋だと思ったくらいです」

「ところが、君たちの知らないうちに理髪店は綺麗に掃除され、深夜の十一時になって営業を始めた」

「そうなんです」

「三上氏は、馴染み客に頼まれて店を開けていると君たちに答えた。そして実際に君たちは、店を訪ねてきた客の声を聞いている」

「ええ、その通りです」

「しかし元常連客は、三上氏が営業していることを知らなかった」秋本さんはこめかみを指で叩いた。「どちらかが嘘をついているわけだ」

「俺たちは嘘は言ってませんよ」高瀬がむっとしたように口をとがらせた。「信じないのは、そちらの勝手ですけど」

「いいだろう」秋本さんは少し考えてから言った。「じゃあ、三上氏が本当にお客の求めで店を開けていたと仮定してみよう」

高瀬が表情を和らげて頷いた。

「たとえばお客が十人いるとしようか。そして彼らが月に一度散髪に来るとする。かりに深夜の二時間だけ営業するなら、一回の営業で対応できるのは二人か三人だ。とすれば週に一度、店を開ける計算になる」

「お客はもっといるかもしれませんよ」僕は言った。

「もちろんだ。その場合は週に二回以上、営業することになる。逆にお客の数がもっと少ない可能性もある。もしお客が一人なら、月に一度だけ店を開ければいい」

「そうなりますね」高瀬が頷く。

「すると三上氏は少なくとも月に一度は店の掃除をしているはずだ。そこで訊きたいんだが」秋本さんは僕と高瀬を等分に眺めながら言った。「君たちが最初に見たときの三上理髪店の汚れ方はどの程度だった？　一週間分の汚れ？　それとも一ヶ月分の泥と埃がついていたのかな？」

「……いえ」少し悔しそうに高瀬が答えた。「三上理髪店は間違いなく、数ヶ月は掃除をしていなかったはずです」

「だとしたら、定期的に営業しているという三上氏の言葉は嘘になるわけだ」

「じゃあ、あのとき訪ねてきた男は何者なんですか？」高瀬が不思議そうに訊いた。

「俺が思うに」秋本さんは楽しげに言った。「その男には重要な役割が与えられていた」

「役割が与えられていた？　誰からです？」

「もちろん、三上氏からだ」

「彼は三上さんに頼まれて、店を訪ねてきたのですか」

秋本さんは、それには答えずに微笑した。

「じゃあ、役割というのは？」僕は重ねて訊いた。

「ひとつには、三上氏とのやりとりを、君たちに聞かせることかな」

「父親が散髪に来られなくなったという話をですか？」

「それもある」

「分からないな」高瀬が困惑気味に呟いた。「俺たちにそんな話を聞かせて、どんなメリットがあるというんですか」

「おかげで君たちに本当の目的を悟られずに済んだじゃないか」秋本さんが言った。「長いあいだ使っていなかった店を急いで掃除して、夜中に店を開けてもたっぷりおつりが来ただろうね」

そう言われても僕たちは見当もつかなかった。

「秋本さんは、三上さんの本当の目的が何か、分かってるんですか？」

「たぶんね。俺の考えが正しければ、三上氏の目的は、君たちの髪をシャンプーすることだったと思うよ」

「まさか」僕は思わず声を上げた。「僕たちの髪をシャンプーするために、三上さんはわざわざ店を開けたというんですか」

「そう思うよ」秋本さんは自信たっぷりに頷いた。

「しかしですね」と高瀬が反論した。「俺たちがシャンプーしてもらったのは、話の成り行きで偶然そうなっただけなんですよ」

「こいつの言う通りです」と僕も言った。

「シャンプーするように勧めたのは三上氏だったんだろう？」

「たしかにそうです。でも、それは僕たちが店を訪ねた結果であって、あのまま待合室で眠り込んでいれば三上さんと話をすることもなかったはず……」

答えながら僕は首を傾げた。待てよ、ということは、つまり……。

「そこが三上氏の深謀だよ」秋本さんがにやりとした。「廃屋だと思っていた理髪店にとつぜん明かりが灯って、扉に〈営業中〉の札がかけられたら君たちはどう思うか？　きっと好奇心に駆られて店を覗きに来るだろう。そこで疑問に答えるからシャンプーしていけと勧めれば応じるに違いない――三上氏はそう考えたのさ」

「そんなにうまくいくでしょうか」高瀬が再び反論を敢行した。「待合室から理髪店は見えないんですよ。せっかく店を開けても、俺たちが気づかなければ三上さんの苦労も水の泡です」

「山では夜になると思った以上に気温が下がるものだ」秋本さんが言った。「君たちが一夜を過ごしたのは隙間風が吹き込む待合室だ。一度や二度はトイレに立つだろう。ホームの端にあるトイレへの行き帰りには理髪店が視界に入る。駅の周囲は深い闇だ。一軒だけ明かりのついている建物があれば、いやでも気がつくはずだ」

「まあ、たしかに、すぐに気がつきましたけど……」高瀬がぼそぼそと呟いた。

「普通の好奇心の持ち主なら、この不思議な状況に無関心ではいられない。事実、君たちは明かりにおびき寄せられる虫のように、理髪店を訪れた」

僕たちはぐっと言葉に詰まった。

「以上の点から考えても、三上氏が店を開けた目的は、君たちをおびき寄せるためだったと結論せざるを得ない」

「分かりました。三上さんの目的が僕たちだったと認めます」僕は言った。「しかし、それが三上さんにどんなメリットをもたらすのか、説明してもらえませんか」

「それを説明する前に、もうひとつの不思議を片づけてしまおう」と秋本さんは言った。

「まだあるんですか？」

「あるとも。三上氏は去年の暮れに店を閉め、現在は隣町のアパートに住んでいる。そして、客の求めで不定期営業しているという彼の主張が嘘だったことは我々の努力によって証明された。つまり、現在あの家には誰も住んでいないし、店舗が使われることもない。だったら――」

秋本さんは言葉を切ると、僕たちを見た。

「店の明かりは、髪を洗うためのお湯は、お湯を使うためのガスは、どこから来ていたんだ？」

「あっ」僕と高瀬は小さく叫んだ。

「そうか。あの家に住まないのなら、電気もガスも水道も止めるはずだ」

「それなのに三上理髪店にはその全部が来ていた……」

「どうして？」

「何のために？」

僕たちは口々に言った。

「ここで三上氏の秘められた謎を並べてみようか」

秋本さんが微笑んだ。

「まず第一に、偶然に無人駅に迷い込んだ君たちをおびき寄せるために、わざわざ店を開けたこと。第二に、生活の拠点を隣町に移したあとも、旧宅で電気やガスや水道が使えるようにしていたこと。そして第三に、娘と偽った若い女性や、怪しげな男が三上氏に付き従っていること」

「すべて何か目的があって、やっていることなんですね」

「もちろん、そうだ」秋本さんが頷く。

「どんな目的だというんですか？」

「三上氏の目的が何であれ、少なくともひとつだけはっきりと言えることがある。――彼は何か後ろ暗いことを企んでいる」

「後ろ暗いこと……？　それが何なのか、秋本さんには分かってるんですか？」

高瀬の問いかけは携帯電話の着信音で遮《さえぎ》られた。秋本さんはテーブルの上の携帯電話を取り上げて相手を確認した。彼の顔が微かに緊張したように見えた。

「すぐ戻る。ちょっと待っててくれ」

その台詞とは裏腹に、秋本さんはなかなか戻ってこなかった。

「どうしたんだろう。事件が起こって呼び出されたのかな」と僕。

「冗談じゃない。これから話が佳境に入るってときに」高瀬が顔をしかめる。

「だよな。あと十分待ってくれたらいいのに」

「まったく、誰だか知らないが気が利かないよ」

勝手なことを言い合っていると、ようやく秋本さんが戻ってきた。

「喜んでくれ。いいニュースがある」

秋本さんは、一転して晴れやかな顔になっていた。

「何かあったんですか」

三上氏の謎に心奪われている僕たちは、おざなりに訊いた。

「実は、まだ報道されていないが、この町で誘拐事件が起こっていたんだ」

「誘拐事件……！　本当ですか！」

今度は僕も高瀬も身を乗り出した。

「でも、報道されていない事件のことを、僕たちに話して大丈夫なんですか？」

たしか誘拐事件の場合、人質が無事に解放されるまでは報道を見合わせると聞いたことがある。僕たちに話すのだって一種の報道ではないのだろうか。

「構わない。誘拐されていた令嬢が、つい先ほど無事に保護されたんだ」

それならたしかにグッドニュースだ。

「おめでとうございます」と言うのも変だが正直な気持ちだった。「無事で良かったですね」

「ああ。情報確認で昨夜から一睡《いっすい》もしてなかったからね。肩の荷が下りた気分だ」

まるで捜査をしていた刑事のような言い方なのがおかしかった。

「それで、犯人は？」高瀬が訊いた。

「まだ逃走を続けているようだ」

「そうですか……」犯人が逮捕されていないのなら素直には喜べない。

「しかし、おそらく逮捕は近いだろう」秋本さんは僕たちに微笑みかけた。「君たちのおかげだ」

「は？　僕たち、ですか？」

「そうさ」秋本さんは新しい煙草に火をつけた。「実は君たちの話を聞くまで、警察もマスコミも、犯人が何者なのかまったく摑めていなかったんだからね」

「ちょっと待ってください」僕は急いで言った。「まさか、その犯人というのは——」

「そのまさかだ」秋本さんが嬉しそうに指を鳴らした。「犯人は、我らが三上氏とその一派だ」

6

「誘拐されたのは、この町でも有数の資産家の一人娘だ」

秋本さんは、うまそうに煙草をくゆらせながら誘拐事件の概要を語ってくれた。それにしても、よく煙草を吸う人だ。煙草を嗜《たしな》まない僕は少々呆れながら話に聞き入った。

「人を人とも思わない冷酷な男に限って家族には惜しみない愛情を注いだりするものだが、その資産家もまさにこのタイプなんだ。六年前に奥さんを亡くして、家族は娘一人だけ。当然ながら彼女は溺愛されて育った。とにかくお小遣いはいくらでも貰えるから、取り巻きを大勢連れて毎晩遊び回っていたらしい。

　その取り巻きの中でも、特に彼女に気に入られていた那美《なみ》という娘がいた。この那美がある晩、言葉巧みに彼女をひとけのない場所に連れ出した。すると男たちが待ちかまえていて、彼女は悲鳴を上げる間もなく車に押し込められてしまった。那美は誘拐犯の一味だったわけだ」

「まさか、その那美というのは……」高瀬が低い声で訊いた。

「うん。君たちの前では夏美と名乗っていたらしいね」

　高瀬は黙って首を振った。

「話を戻すが、誘拐に成功した犯人たちは資産家に電話をかけて身代金を要求した。一時間後にこれから指定する場所に三千万円を持ってこいと告げたんだ。もちろん、警察に連絡すれば娘の命はない、という決まり文句も付け加えた。資産家は何も言わずにその条件を呑んだ」

「警察に言わなかったんですか」

「おそらく彼は法律ではなく、自分の手で犯人たちを裁きたかったんだろう。その証拠に、彼はつきあいのある荒っぽい連中を呼び寄せて相談している。連中はこうアドバイスしたそうだ。お嬢さんを無事に取り返すまでは犯人に逆らわない方がいい。奴らに渡す身代金に発信器をつけましょう。お嬢さんが解放されたあとで、我々が奴らを捕まえてあなたに引き渡しますから、煮るなり焼くなりお好きになさってください――とね」

　思わずため息が出た。

「どっちもどっちですね」

「まったくだ。というわけで、資産家は発信器つきの身代金を持って指定された場所に赴いた。ところが、そのあたりのことは犯人は予想済みだった。最初から彼らは別の手を考えていたんだ」

「──というと？」

「那美は令嬢と毎晩遊びながら、彼女の父親が自宅の金庫にいつも一億円の現金を保管していること、そして金庫の暗証番号を彼女が知っていることを巧みに聞き出していたんだ。

　犯人たちは誘拐した令嬢をナイフで脅して自宅の鍵を取り上げ、金庫の暗証番号を聞き出した。あとは簡単だ。資産家が自宅を出るのを待って那美が玄関から堂々と家に入り、金庫のある部屋に直行して、聞き出した暗証番号で金庫を開けた。そうして金庫の中身を残らずバッグに詰め込んで持ち去った。

　一方の資産家は、いくら待っても相手が現れないので仕方なく自宅に戻ると、金庫が空になっているのを発見したというわけだ。ここに至ってようやく資産家は警察に連絡を入れた」

　僕も高瀬も呆れて言葉がなかった。

「こうして犯人は──と言うより、もう三上氏と言ってもいいだろうが──意気揚々と隠れ家に引き揚げた。この隠れ家というのが三上理髪店であるのは説明するまでもないよな」

「あのとき、三上理髪店には、誘拐された令嬢がいたんですか」

　高瀬が目を丸くした。

「そうさ。猿ぐつわを嚙まされ、目隠しをされた令嬢が、店の奥の部屋に囚《とら》われていた」

「……じゃあ、何のつもりで三上さんは、僕たちの髪を？」

「彼らは最初から人質を返すつもりだった。深夜になるのを待って令嬢をふもとの町まで送り届けるつもりでいたんだ。ところが予想もしなかったトラブルが発生した」秋本さんは僕たちにウインクをよこした。「何だと思う？」

　高瀬が恐る恐る自分を指さした。

「当たり。疲れ切って虚《うつ》ろな目をした、怪しげな男が二人、どこからともなくやって来て駅の待合室に居座っちまったんだ」

　僕たちはムム……と唸るしかなかった。

「もしかすると三上氏は最初、君たちのことを刑事だと疑ったかもしれないぜ」秋本さんは僕たちをからかった。「間近で見れば、こんなくたびれた刑事はいないと、すぐに分かっただろうが」

「疲れてたからですよ」高瀬が不満げにぼやく。「普段の俺たちなら遠目にも颯爽《さっそう》とした名刑事に見えるはずだから、何も言わずとも犯人たちは自首したでしょう」

　秋本さんはにやにやと笑って聞いていた。

「冗談はさておき、それでも厄介なことに変わりはなかった。なぜなら、二人がこのまま待合室で夜を過ごすつもりであることが見てとれたからだ」

「どうして僕たちが待合室にいるのが不都合なんですか？」

　僕はそれが不思議だった。

「理髪店に明かりさえつかなければ、僕たちは三上理髪店の中に人がいるなんて想像もしませんでしたよ。僕たちが寝静まるのを待って、そっと車に乗り込めば良かったのに」

「犯人に車を使う気がなかったからだ」秋本さんが答える。「車で町に近づけば、検問に引っかかる可能性がある。覆面パトカーも走り回っているだろう。もしパトカーに不審に思われて停車を命じられたら一巻の終わりだ。三上氏がそんな危険を冒すわけがない」

「じゃあ徒歩で山を下れば――」

「夜が明けちまうだろ、それじゃ」

「でも徒歩か、車以外に手段はないでしょう?」僕は口をとがらせた。

「どうして? 目の前が駅なんだぞ。これを使わない手はない」

「そりゃ無理だ」高瀬が言った。「だって、翌朝まで列車は来ないんですよ」

「分かってるさ」秋本さんはげんなりした顔をした。「何も正規の列車に乗るわけじゃない」

「どういうことですか」

「つまり」秋本さんは再びにやりと笑った。「〝臨時便〟を増発するつもりだったんだよ。三上氏は」

「まさか」思わず僕は言った。「たとえ三上さんがかわせみ高原鉄道の社長でも、そんなことは無理でしょう」

「じゃあ訊くがな」秋本さんは語気を強めて言った。「駅を使わないなら、どうして君たちを待合室から引き離す必要がある? これから令嬢をふもとまで送り届けるという危険な仕事が待っているのに、なぜ君たちを店に引っ張り込んでシャンプーしなきゃならないんだ？」

「それは……」

「三上氏は令嬢をホームに連れていかなければならなかったからだ。ホームに行くには待合室を通らなければならない。だが待合室には君たちがいる。君たちをしばらくのあいだ待合室から引き離すにはどうしたらいいか。三上氏が出した答えが」秋本さんは僕たちの髪をあごで示した。「——と、いうわけだ」

高瀬がそっと指を伸ばして自分の髪に触れた。

「そしてシャンプーには、もうひとつの目的があった」

そこまで聞けば、僕にだって分かる。

「三上さんは僕たちをシャンプーしている隙に、男に命じて令嬢を連れ出したんですね」

「そういうことだ」秋本さんが頷く。「ただし、令嬢を連れ出すにあたってひとつだけ問題があった」

「扉を開け閉めすると蝶番が音を立ててしまうことですね」

「そうだ。蝶番やその他の音をどうやって誤魔化すか。そこで三上氏が考えたのが、誰かが店を訪ねてくるという状況をつくることだった」

「シャンプーの途中で目が開けられない僕たちには、扉が中から開けられたのか、外から開けられたのか判断できませんからね」

「男は令嬢の手を引いて君たちの背後を通り抜けた。そしてドアを開けながら、いかにも外から来たような口ぶりで三上氏と会話を交わした。それから悠々《ゆうゆう》と出て行ったんだ」

「その推理には少し納得しがたい点があります」

僕と秋本さんのやりとりを黙って聞いていた高瀬が口を挟んだ。

「令嬢は店の奥にある住居部分に囚われていたわけですよね。それなら、わざわざ店の中を通って連れ出すより、裏の勝手口から連れ出した方が安全だと思うんですが」

なるほど。たしかにそうだ。僕は秋本さんを見た。

「ところが、そうじゃないんだ」秋本さんは微笑して言った。「君たちの話によると、理髪店の周囲には、たくさんの瓦が散乱していたそうじゃないか。深夜に目隠しをした人間を連れて、あちこちに瓦が転がっている場所を通り抜ける状況を想像してみろよ。令嬢が瓦に躓《つまず》いて転んだり、大きな音を立てたらどうする？　その点、店の中なら明るいし、躓く心配もない。それに那美の香水が何よりの証拠だ。令嬢が店内を通り抜けるとき、香水の香りから存在を悟られないように、那美はわざと令嬢と同じ香水をたっぷりとつけたんだろう。おしゃれな彼女にとってはさぞかし面白くなかっただろうけどね」

そうか、だから彼女はどこか不機嫌だったのだ、と僕は思った。

「分かりました。降参です」高瀬が軽く両手を挙げた。「男が令嬢を連れて、駅に向かったことを信じますよ」

「けっこうだ」秋本さんは満足そうに頷いた。「では最後に〝臨時便〟の正体を明かそうか。予約をキャンセルに来た男が帰っていくとき、何か音がしたと言ったよな？」

「……ええ」高瀬が目を細めて答えた。「あれは間違いなくバイクのエンジン音でした」

「君たちは軌道オートバイを知ってるか？　こんな感じの乗り物なんだが――」

秋本さんは手帳を広げると、サインペンで手早くイラストを描いて渡してくれた。そこには線路の上を走ることができるように四つの鉄製の車輪を取り付けたオートバイの絵が個性的な線で描かれていた。

「へえ。こんなものがあるんですね」

「ああ。俺も実物は知らないんだが、保線作業に使うらしい」

「彼らはこの軌道オートバイで令嬢を町に送り届けたんですね」

「令嬢が駅からバイクに乗せられたと不可解な供述をしているんだ。刑事は取り合わなかったようだが、軌道オートバイを使ったと考えれば辻褄《つじつま》は合う。あらかじめ駅のどこかに隠しておいたんだろう」

「たしか駅の横に引き込み線と倉庫がありましたよ」僕は言った。「あまり使われていないようで、草が茂ってましたけど」

「なるほど。その草むらが怪しいな。だけど軌道オートバイを使うのはなかなか悪くないアイディアだと思うぜ。さすがの警察も、まさか終電が出たあとの駅や線路までは監視していなかっただろうからな」

「楽しかったぜ。また面白い経験をしたら教えろよ」

「ええ、ぜひ。お仕事頑張ってください」

「これ以上頑張ったら倒れちまうよ。じゃあな」

僕たちの肩をぽんぽんと叩いて、秋本さんは去っていった。せかせかと遠ざかっていく後ろ姿をしばらく見送ってから僕たちも歩き出した。

「なあ、佐倉」高瀬がしんみりとした口調で言った。

「うん」

「俺たちが蓼井駅に迷い込まなければ、あの人たち、完全犯罪を成し遂げてたかな」

「それは無理じゃないかな」少し考えてから僕は答えた。「俺たちがいてもいなくても、いつかは捕まったさ」

「そうだな」高瀬が小さく呟く。

「だけど分からないぜ」僕は陽気に言った。「ふと通りすがりの理髪店を覗いたら、三上さんと夏美さんが澄ました顔でお客の頭を洗っているかもしれない」

高瀬はゆっくりと微笑した。「悪くないね。そいつは」

空飛ぶ絨毯

1

東京で暮らしていると、ときおり友人から「佐倉《さくら》の生まれた町って、どんなところ?」と訊ねられることがある。

そんなとき僕はいつも「海霧の町だよ」と答える。

すると友人たちは皆、空想を逞《たくま》しくするようだ。羨ましそうな顔をされるときもある。

僕の育った町では、晩春から夏にかけてよく霧が発生する。夕暮れ時になると海から濃い霧が這い上がってくるのだ。

霧が町をすっぽりと包み込むと、辺りは奇妙なまでに静まりかえる。

町に長く住んでいる人は、なぜか海霧の晩に外に出るのを嫌がった。もちろん霧なんて、ただの水蒸気の集まりに過ぎない。昔、近所に元警察官のご隠居が暮らしていたが、彼はこの町で霧の夜に怪異が起こった事実はないと、僕に話してくれたものだ。

だけど僕には何となく、彼らの気持ちが分かる。

受験勉強に明け暮れていた頃、深夜に何気なく窓の外を見ると、冷ややかな乳白色の霧が音もなく窓ガラスの向こうを流れていたことがあった。だが、隣家のご主人が丹精を凝《こ》らして育てている藤の花はそよとも揺れていない。まったく風がないのだ。それなのに霧は僕の目の前を滑るように通り過ぎていく。まるで海霧が意志を持ってどこかに向かっているかのように――。

いったいあの霧はどこに行こうとしていたのだろうか。

僕はふるさとの路地を歩きながら、すっかり忘れていた深夜のエピソードを思い出していた。

路地は狭く、家々のあいだを縫うように延びていた。暦《こよみ》の上ではもう秋だというのに、初秋という清々《すがすが》しい語感とはかけ離れた暴力的な熱気が僕を包み込んでいる。誰かが途方もなく巨大なレンズを蒼天に据え付けて、この町に光の焦点を合わせているに違いない。微睡《まどろ》むような魔術的な暑さだった。

路地には僕以外の人影はなかった。その代わり、猫はそこらじゅうにいた。日陰に寝そべり、ゆったりと四肢を伸ばしてくつろいでいる。僕と目が合うと、彼らはつまらなそうに欠伸《あくび》をした。

迷宮のように入り組んだ路地は、近所の子供たちの恰好の遊び場だった。時が過ぎ、僕たちは大人になったが、路地の景観はあの頃とまったく同じだ。いや、唯一変わったのは猫たちかもしれない。僕が小学生だった頃の彼らは用心深く、常に警戒を怠《おこた》らず、僕が近づいただけで塀の上に飛び上がって逃げていったものだ。

そんなことを考えながら、僕は路地を通り抜けた。ようやく道らしい道になる。二つ目の交差点を右に折れると、道は急勾配の上り坂に変わった。

陽炎《かげろう》を追いかけながら坂道を上がっていくと、やがて青い瓦屋根の一軒家が見えてくる。

門柱の前で息を整え、チャイムを鳴らす。すぐに「はーい」という陽気な返事とともに引き戸が軽やかに開いた。

「チャオ。佐倉くん」

八木美紀《やぎみき》が笑顔で迎えてくれる。一年ぶりに会う彼女は少し大人びた顔つきになっていた。それ以外は変わらず、すらりと背の高い、丸顔の美人だ。

「チャオ、じゃないよ。まったく」

僕は東京から持参したおみやげの紙袋を八木さんに押しつけながら文句を言った。

「イタリアへ留学すること、どうして黙ってたんだよ。吉永《よしなが》さんが教えてくれなかったら、ずっと知らずにいたところじゃないか」

吉永さんは彼女が一番親しくしている友人である。

「だって、急に決まった話だったし、男の子たちは忙しいだろうから、向こうに落ち着いたら、絵はがきでも送ろうと思ってたのよ」

八木さんが照れくさそうに言い訳をする。

相変わらず暢気《のんき》だなあ、と呆《あき》れる僕に、

「まあまあ、説教はあとで聞くから、とにかくあがって」

屈託のない口調で八木さんが言った。

「みんなはもう来てるの?」

「後藤《ごとう》くんと松尾《まつお》くんは、ついさっき」

「馬場《ばば》は？」

「風邪をひいて来られないんだって。佐倉くんによろしく伝えてくれって言ってたよ」

「へえ。あいつが風邪とは珍しいな」

馬場は中学、高校とラグビーひとすじの、気は優しくて力持ち、という形容がぴったりの大男だ。僕の知る限り、もっとも風邪のウイルスとは縁遠い男である。

「鬼の霍乱《かくらん》てやつかな」

と口にしてから、少し反省する。馬場は大学には進まずに、実家のインテリアショップを継いだ。父親が手とり足とり教えてくれるんだから楽でいいよ、と本人は笑っているが、商店街の半分がシャッターを下ろしているこの町で商売を続けていくのは生半可な苦労ではないはずだ。夏風邪にだってなるだろう。

前を歩いていた八木さんが僕を振り返る。

「後藤くんたちは奥の八畳間よ。私は珈琲《コーヒー》を淹《い》れてくるから」

「了解」

2

「で、いつ出発なんだ」

珈琲を飲みながら後藤が訊いた。野太いのにどこか優しい響きのある声だ。後藤も元ラグビー部で、馬場とは中学時代からの友人である。野性味溢れる顔に似合わず、珈琲に砂糖をたっぷりと入れて飲んでいた。

「来月の七日よ」僕が持ってきたワッフルを頬張りながら八木さんが答える。

僕たちは、庭に面した八畳間に、くつろいだ恰好で座り込んでいた。

「もう荷造りは済んだの？」松尾が訊ねる。そばかすの散った童顔に、くしゃくしゃとした柔らかそうな髪が乗っている。少し甲高い声とひょろりとした手足が少年のようだ。

「だいたいのところはね」彼女は指を丸めてＯＫのサインをつくった。「でも、ちょっと荷物を減らさなきゃいけないかも……」

「イタリア語は話せるようになったのか」後藤がからかうように訊いた。

「もちろんよ。最近はエルザとイタリア語で会話してるのよ」八木さんは余裕の微笑を返しながら、イタリアから留学している友人の名前をあげた。「エルザも大丈夫だって言ってくれるし、ミラノでのアルバイトもエルザのお父さんが紹介してくれる約束なんだ」

「へえ、バイトのことまで考えてるんだ」松尾が感心したように言った。

「だけど、よく親が許してくれたよな」僕は言った。

二年前、転勤で福岡《ふくおか》に引っ越すことになった両親と離れて、彼女がこの家に一人で残ることを決めたときにも、父親が大反対したと聞いている。国内でさえそうなのだから、娘が日本から一万キロメートル近くも隔った場所に行きたいと言い出したときは、さぞ大変な騒ぎになったに違いない。

「そりゃ苦労したわよ」八木さんがしみじみと言った。「何しろ稀代の頑固者だからね、うちの父親は。でも最後は認めてくれたわ。というより匙《さじ》を投げられたのかな」

「俺は親父さんに同情するよ」後藤が言った。「いきなりイタリアへ行きたいと言われたら、そりゃ反対するさ」

「いきなりじゃないわよ」八木さんが落ち着いて反論する。「イタリアへ行くのは子供の頃からの夢だったんだから」

「そうだったな」後藤が肩をすくめた。「俺がイタリアへ行くことがあったら案内してくれ」

「分かった」

「可愛い女の子と友達になったら紹介してよね。きっとだよ」松尾が言った。

「そうね、考えとく」

「羽目を外しすぎないようにな」と僕。

八木さんが敬礼の真似をする。「ラジャー」

「……それ、イタリア語じゃないだろう」

「似たようなものよ」八木さんは澄ましている。

やれやれ。僕たちは珈琲を啜《すす》った。近所のどこかで風鈴が静かに鳴っている。

「そういえば」僕は八木さんに言った。「吉永さんから聞いたんだけど、泥棒に入られたんだって？」

「泥棒だって？」松尾は初耳だったらしく、目を丸くした。「本当なの、それ？」

「――うん、まあ」あまり触れられたくなかった話題らしく、八木さんは渋い表情になった。

「もう二ヵ月以上も前だけどね」

「大丈夫だったの？　被害は？」松尾が心配そうに訊く。

「まあ、少しだけ」八木さんはなぜか言いたくなさそうだった。

「そりゃ大変だ。何を盗《と》られたの？」

「……絨毯《じゆうたん》よ」

「絨毯？」

僕たちは思わず顔を見合わせた。それはまた随分と地味な品物を盗まれたものだ。

「絨毯だけ？　お金とか、貴金属は盗られなかったの？」松尾が怪訝《けげん》そうに訊いた。

「おかしいでしょう？」彼女もそのことを不思議に思っているようだった。「抽斗《ひきだし》の中には現金が三万円ほど入っていたし、高価なものじゃないけど、一応、宝石だって置いてあったのに……」

「絨毯だけが盗まれたわけか」

僕の問いに、八木さんはこくりと頷いた。

「よっぽど高価な絨毯だったんだな。本物のペルシャ絨毯とか？」

「まさか」と彼女は苦笑した。「ごく普通の絨毯よ。馬場くんの店に遊びに行ったときに見つけたの。色づかいがとても綺麗で、模様も洒落《しやれ》ていたから一目で気に入っちゃって。でも、おこづかいで買えるような値段よ」

「本当に泥棒のしわざなの？」

松尾が首をひねるのも無理はない。ごく普通の絨毯を誰がわざわざ盗むだろう。

「だって、他に考えようがないじゃない」八木さんは口をとがらせた。「私の知らないあいだに無くなってしまったんだから」

「だけど、絨毯なんてどうやって盗むんだ？　丸めたって相当に大きいぜ」後藤が言う。

「だから不思議なのよ。それも私が寝ているあいだに」

「え？」僕と松尾の声が揃った。「寝ているあいだ？」

「――ちょっと待てよ」まさかと思いながら僕は訊いた。「盗まれたのは八木さんの部屋の絨毯だったのか」

「そうよ」小声で八木さんが言う。

「つまり、絨毯の上にベッドを置いて、そこで寝ていたわけだ」

「うん、まあ」さらに彼女の声が小さくなった。

「それなのに、朝、目が覚めたら絨毯が無くなっていたのか？」

僕は思わず唸《うな》った。どれほど優秀な泥棒なのか知らないが、彼女に気づかれずに絨毯を持ち去ることができるとは信じられなかった。しかし実際に絨毯は消え失せている。胸の内に入道雲のような好奇心が湧き上がってきた。

「警察は何て言ってるんだ？」僕は訊いてみた。彼らがこの不可解な状況にどんな判断を下したのか、興味をそそられるではないか。

「何も。警察には報せていないから」八木さんは低い声で答えた。

「えっ、どうして？」

「だって」彼女は頰をふくらませた。「寝ているあいだに絨毯を盗まれました、なんてみっともない話できないじゃない」

……うーむ、そういうものだろうか。

「どうやら僕たちの手で解決するしかないみたいだね」松尾が腕組みをして頷いた。「とにかく現場を見てみよう。何か分かるかもしれない」

「あのね。現場は私の寝室なんだけど」と言いかけて、八木さんは諦めたようにため息をついた。「……分かったわよ。でも見るだけだからね。勝手に抽斗を開けたりしたら承知しないわよ」

「心配ないって」松尾が陽気に請け合った。「僕たちは紳士だよ」

八木さんを先頭に、ぞろぞろと彼女の部屋に向かった。家の内外はそれなりに古びていて、いかにも昭和の住宅という趣《おもむき》だった。いまどきの家と違って、あちこちに暗がりはあるが、廊下もドアもサイズが大きく、狭苦しい感じがしない。

寝室は家の西端に位置していた。僕たちは部屋の入り口に立って室内を観察した。六畳の洋室で、西向きと北向きに窓があり、廊下に通じるドアは東側にあった。南側の壁に沿うようにベッドが置かれ、北向きの窓際には机が、ドアの横にはオープンラックとチェストが並んでいる。チェストはテレビ台も兼ねていて、二十インチの液晶テレビが載っている。

「ここにある家具が、全部絨毯の上に載っていたの?」松尾が訊いた。

「そうよ」八木さんは頷いた。

3

僕たちは八畳間に戻ると、八木さんから当夜の詳しい状況を聞いた。

事件が起こったのは七月最初の土曜日だった。

その日はゼミの飲み会があり、夜の七時から大学近くの居酒屋で、飲んで食べて大いに盛り上がった。店の前で一度散会したあと、まだ飲み足りない者は教授に連れられて再び夜の町に繰り出したが、彼女は風邪気味だったので帰宅することにした。

「そういえば、飲み会の途中で後藤くんからメールを貰ったよね。別に用はなくて、どうしてるって感じの。風邪ひいてお酒が美味《おい》しくないってメールを返したら、ウーロン茶を飲んでおけって野暮《やぼ》な返事をよこしたでしょう。憶えてる?」

「そうだったかな」照れくさいのか、後藤がとぼけたように呟く。

彼女が駅に着いたのは午後十時過ぎだ。改札を出ると、町は濃い霧に覆われていた。

「私と一緒に電車を降りた人たちは、急ぎ足で霧の中に消えていっちゃった。いつもなら帰りが遅くなったときは、遠回りになってもひとけのある大通りを歩くんだけど、体がだるかったし、広い空間の中で視界が利かないと却《かえ》って怖いじゃない。だから路地を通って帰ることにしたの。

霧の夜だから町はとても静かで、私の靴音だけが路地に響いてた。電車に乗っているときはそうでもなかったんだけど、歩いているとどんどん気分が悪くなってきて、家に着いたときは本当にほっとした。でも家の中に入った瞬間、あれっと思ったの」

「というと？」

「何て言えばいいのかな……」八木さんは言葉を探すように目を細めた。「たとえば家に来客があって、お客さんが帰ったあとの部屋って、何となく空気が違っているような気がしない？」

「うん、分かる」松尾が言った。「部屋の中にさっきまでの余韻《よいん》が残っているんだよね。空気がざわめいている感じというか」

「まさにそういう感じだったのよ。誰もいないはずなのに」

「それで、どうしたの？」松尾が訊ねる。

「とりあえず、ざっと家の中を見てまわったけど、とくに変わったところはなかったから、気のせいかな、と思うことにした。風邪で神経が過敏になってるのかなって。とにかく眠ろうと自分の部屋に行ったら……」

「何かあったのか？」と後藤。

「それがね」八木さんはぼんやりした表情で言った。「足元がやけにふわふわしているの。まるで絨毯がほんの少しだけ空中に浮かんでいるみたいに」

「浮かんでいる？」僕は思わず訊き返した。

「そうなの」彼女は真面目な顔で頷いた。「何よこれ、と驚いて、絨毯をまじまじと見たんだけど、いつもの見慣れた絨毯なのよね」

「それ以外で、部屋の様子に変わったところは？」後藤が確認した。

「気がつかなかった」彼女は首を振った。「絨毯がふわふわしてるのは、酔ってふらふらしてるせいだな、と思ったから」

「まさか、そのまま眠ってしまったんじゃないよね」冗談めかして松尾が言う。

八木さんはばつの悪そうな表情になった。「……だって、モーレツに眠かったんだもん。酔ってるのに風邪薬を飲んだのがまずかったのかな」

「で、朝になったら絨毯が消えていたわけか」僕は腕組みをする。

「あ、そういえば――」と彼女が付け加えた。「変な夢を見たのよ。絨毯がね――私の部屋の絨毯が、空を飛んでいるのよ。遠い異国の、砂漠の真ん中にある町の上をふんわりと。私は絨毯の上に乗って、どこまでも青い空を飛んでいく。そんな夢だった」

しばしの沈黙が訪れた。

「ビールがあれば貰えないかな」僕は腕組みをしたまま言った。「しらふで八木さんの話を聞くには、俺たちは少しばかり修行が足らないようだ」

冷たいビールをのどに流し込んで、ようやく僕たちはひと息ついた。

「それで、八木さん自身はどう思ってるのさ。この絨毯消失事件について」

松尾が訊くと、彼女は考え込んだ。

「きっと――あれは、空飛ぶ絨毯の末裔《まつえい》だったんじゃないかな」

僕は思わずビールにむせた。

「どうして、いきなりそういう結論を出しちゃうんだよ」松尾が呆れる。

「問題は」と後藤が冷静に続ける。「なぜ泥棒はお金には目もくれず、絨毯だけを盗んでいったかだ」

「絨毯に金銭的な価値がないとすると……何だろう?」僕は考え込んだ。「単純に絨毯が欲しいのなら、馬場の店に忍び込んで倉庫から新品を盗んでいけばいいのに」

「そうだよね。それなら自分の好きな絨毯を選び放題だし」松尾が言う。

「それなのに、どうしてわざわざ人の家に忍び込んで絨毯を盗んでいくんだ?」

「きっと泥棒は」松尾が言った。「どうしてもその絨毯が欲しかったんだ。新品でもなく、高価なものでもない、八木さんお気に入りの絨毯が」

「なるほど」と後藤が呟いた。

「さっき、ちょっと思ったんだけど」僕は言った。「八木さんが帰宅したとき、泥棒はすでに室内にいたんじゃないのか」

「えっ？」

「玄関のドアを開けたとき、空気がざわめいていたんだろう？」僕は八木さんに訊いた。

「あ……そっか」八木さんも僕の言いたいことが分かったようだ。「だから、家の中の雰囲気がおかしかったんだ。すでに誰かが入り込んでいたのね」

「じゃあ、泥棒が侵入したのは、八木さんが眠ったあとじゃなかったってこと？」松尾が考え込む。

「たぶんね」

「でも、それは変だよ」松尾は納得できないようだった。「せっかく無人の住宅に忍び込んだのに、どうして住人が帰ってくるまで待たなきゃいけないのさ。誰もいないあいだにさっさと絨毯でもなんでも持っていけばいいじゃないか。八木さんが帰宅して寝静まるのを待っていて、それから仕事にかかるなんておかしいよ」

「そうなんだ」僕は認めた。「俺もその点が腑《ふ》に落ちない」

「きっと理由があったんだろう」後藤が呟いた。「そうせざるを得ない理由が」

「理由って、どんな？」松尾が訊いたが、

「それは分からんよ」そっけなく後藤は首を振った。

4

その後もしばらく、僕たちはビール片手に絨毯消失の謎をあれこれ話し合った。

そのうちにお腹が減ってきたので宅配のピザを注文した。届いたピザが美味しかったので、ますますビールが進み、必然の結果として加速度的に僕たちの思考力は低下していった。

それでも、ここまでは辛うじて合理性を保《たも》った意見が提出されていたのである。

だが――。

「やっぱり、あれは海霧のしわざだったんじゃないかな」

とうとう松尾が超自然的な解釈を口にしてしまった。

「それを言ったらおしまいじゃないか。人類の理性と英知に対する冒瀆《ぼうとく》だぞ」僕もかなり酔っている。「謝れ。ニュートンとアインシュタインとレオナルド・ダ・ヴィンチに謝れ」

「嫌だ」と松尾が叫ぶ。

「落ち着け、二人とも」後藤が僕たちをたしなめた。だが、そういう彼も少しばかり呂律《ろれつ》が怪しかった。

「でも、本当にそうかもしれないわよ、佐倉くん」八木さんまでがとろんとした表情で言う。

「何が霧の怪異だ。霧なんてただの水蒸気の集まりじゃないか」僕はかねてからの持論を持ち出した。「水蒸気が絨毯を運び出すなんて戯言《たわごと》を聞いたら、ジェームズ・ワットが草葉の陰で泣くぞ」

「でもな、佐倉」後藤がしみじみと言った。「ジェームズ・ワットには申し訳ないが、この事件に関する限り、海霧が絨毯を運び出したとでも考える以外に説明はつかないぞ」

「そんなことはないさ。純然たる物理法則で説明できるはずだよ」僕は言い張った。

「そうね。きっと佐倉くんの言う通りなんだろうけど」八木さんが空《から》になったグラスを見つめながら、小さな声で呟いた。「それでもこの町の霧には、何かあると思うな」

「そうかな」僕は納得できなかった。

「たぶん、そう思うのは私が子供の頃にも不思議な体験をしてるからよ。もちろん霧の夜に」

「本当に？　初めて聞くけど」

「忘れてたのよ」八木さんはどことなくばつの悪そうな顔をした。「もう十年も昔のことだから」

「やっぱり何かを盗られた話なの？」松尾が訊く。

「ううん、そうじゃないけど……」八木さんは少し逡巡しながら、「でも、もしかしたら今回のことと関係があるかもしれない気がする」

「面白そうじゃないか」打てば響くように後藤が言った。「聞いてみようぜ。その十年前の話というのを」

「いいね」もちろん僕も松尾も異論はなかった。

「そう？　じゃあ聞いてもらおうかな」八木さんは静かな声で話し始めた。「私が小学四年生のときの話なんだけど……」

それは十年前の初夏のことだった。

当時、美紀の両親は非常に仕事が忙しく、父も母も帰宅するのはいつも深夜だった。美紀は一人で晩御飯を食べ、宿題を済ませて両親の帰りを待った。一人の時間はうんざりするほど進むのが遅かった。持っている漫画も本も暗記するほど読み返してしまった。あとはテレビを見るくらいしか思いつかない。毎晩九時まで学校があればいいのに、と彼女は真剣に思った。嫌いな教師の授業でも退屈するよりはずっとましだ。

ある晩、美紀がぼんやりテレビを見ていると、誰かがノックしたかのように窓ガラスが震えた。彼女は恐る恐るカーテンを開けてみた。窓の向こうには誰もいなかった。その代わり、外は一面の真っ白な霧だった。

その年初めての海霧が町に到来したのだ。霧の中に光の輪を浮かべている街灯の明かりがあまりに綺麗だったので、美紀は誘われるようにふらふらと外に出てしまった。

しばらく歩いてから振り返ると、霧の固まりが美紀の家を覆い隠していくところだった。急に心細さがこみ上げてきたが、家に戻っても待っているのは退屈だけだ。彼女は勇気を出して前に進むことにした。

海霧は生きているとしか思えないほど、複雑に蠢《うごめ》いていた。隙あらば美紀に襲いかかって呑み込んでやろうと狙っているような気がして、最初のうち、美紀は恐怖に駆られて何度も後ろを振り返った。

ところが、しばらく路地から路地へと彷徨《さまよ》っているうちに、恐怖心は薄らいでいった。深夜の田舎町とはいえ、それなりに人通りはあった。霧がなければ、美紀は大人にたちまち見咎《みとが》められてしまっただろう。だが今夜は霧が彼女の姿を隠してくれた。海霧は敵ではなく味方だったのだ。彼女は誰にも邪魔されず、思いつくまま行きたい方角へ歩き続けた。

やがて両親が帰ってくる時刻が近づいてきた。美紀は後ろ髪を引かれる心地で帰途についた。帰宅して五分と経たないうちに母親が帰ってきた。

「いい子にしてた？」母親が訊く。

「うん」と美紀は答えた。

次の霧の晩も美紀は散歩に出かけた。

歩き回るうちに、少しずつ霧の中を散歩するコツが分かってきた。

霧の中で誰かとすれ違うとき、まず霧の向こうから足音が聞こえてくる。相手の姿が現れるのは至近距離まで近づいてからだ。

美紀は靴音を耳にすると、素早く道の反対側に移動して相手が通り過ぎるのを待った。何人もの大人とすれ違ったが、一度も見つけられるへまはしなかった。ただ一人だけ、立ち止まって辺りの気配にじっと耳を澄ます鋭い人がいた。美紀はどきどきして思わず息を止めた。しばらくすると相手は、気のせいかな、と呟いて歩み去った。

美紀はふう、と息を吐いた。緊張が解けてクシャミが出た。

一ヵ月も経つ頃には、美紀は霧の町を散歩することが楽しくてたまらなくなっていた。休み時間に同級生が、「今日、塾があるんだけど、帰り道に霧が出たらどうしよう」「怖いよね」なとど言い合っているのを耳にすると、笑みをこらえるのに苦労するほどだ。

その晩も美紀は霧の町に繰り出した。表通りを車のヘッドライトを巧みに避けながら歩いているとき、彼女はふと悪戯を思いついた。

あの同級生が塾から帰る途中を待ち伏せて、ちょっぴり驚かせてやろうというのだ。

塾はたしか、この通りの向こう側にあったはずだ。寂れた雰囲気が苦手で、普段は足を踏み入れない地区だった。美紀は路地を歩き回って塾を捜しあてると、適当な隠れ場所を求めて辺りを見回した。そのとき正体不明の黒い生き物が美紀の足元を音もなく駆け抜けた。

「きゃっ」

予想していなかっただけに衝撃は大きかった。美紀は悪戯のことなど忘れて思わず駆け出した。その瞬間、誰かと激しくぶつかってしまった。美紀は驚いたが、相手も同じだった。二人は固まったように見つめ合った。相手は美紀と同じ年頃の男の子だった。

「大丈夫かい?」少年がおずおずと言った。

「……うん、大丈夫」美紀はばつの悪い思いで答えた。ぶつかった肩がじんじんと痛む。

「何かあったの?」彼が澄んだ声で訊いた。ほっそりとした体つきの、大きな瞳が印象的な少年だった。

美紀は足元をものすごい早さで通り過ぎていった黒い物体の話をした。少年は安堵《あんど》の表情を見せた。

「それは猫だよ。きっと黒猫だね」

「なんだ、そっか」美紀は照れ笑いを浮かべた。大騒ぎした自分が恥ずかしかった。少年は心配そうに美紀を見つめた。

「もしかして……迷子になったのかい、君」

「失礼ね」美紀はむっとして言い返した。「あなたこそ、迷子じゃないの？」

「僕は……きっと信じてもらえないだろうけど」大人びた、静かな口調だった。

「何よ」

「散歩していたんだ。……霧が好きだから」

美紀は思わず少年の顔を見直した。

「うそ、あなたも？　実は私もなの」

そのひとことがきっかけで、二人は話し始めた。うち解けてくると、少年はよくしゃべった。彼の持ち出す話題はどれも面白く、美紀を飽きさせなかった。少年は優秀な聞き手でもあった。美紀はすっかり彼のことが気に入ってしまい、また会おうと提案した。少年も嬉しそうに頷いた。二人は何度も手を振りながら霧の道を右と左へ分かれた。

翌朝、母親が心配顔で美紀の部屋にやって来た。

「美紀。あんた、どこか怪我したの？」

きょとんとして母親を見返すと、目の前に昨日穿《は》いていた靴下が差し出された。靴下には赤い染みがついていた。明らかにそれは血の痕だった。

美紀は驚いて自分の足を調べてみたが、かすり傷ひとつ見つからなかった。どこで血がついたのか母親は不思議がった。

美紀は少年と知り合ってから、夜の霧がますます楽しみになった。

あの場所に行けば、必ず少年に会えたからだ。少年と一緒に過ごす時間は楽しかった。唯一の不満は、少年が名前を教えてくれないことだったが、別に構わなかった。名前もどこに住んでいるのかも知らない男の子と霧の中で親しく話をするなんて、外国の映画みたいですごくロマンチックだ。それだけで美紀は満足だった。

だが、そんな日々も長くは続かなかった。

母親が体調を崩していつもより早く会社を退社したのである。家に帰ってみると美紀がいない。しかも霧の夜である。母親は慌てふためいて知っている限りの美紀の友達に電話をかけ、どこにも娘がいないと分かると、家を飛び出して美紀を捜してまわった。

美紀は少年から、大昔の船乗りの話を聞いていたところだった。コンパスも何も持たずに星だけを頼りに世界の果てまで航海したという海の男たちの話だった。霧だったらどうするの、と美紀は不思議に思った。星が見えなければ彼らはどうするのだろう。大海原《おおうなばら》だったら心配はないよ、と少年は答えた。でも陸地の近くだったら危険だ。下手に動いたら浅瀬に乗り上げてしまう。霧が晴れるまでじっとしていなければいけないんだ……。

そこに母親の声が聞こえてきた。その瞬間、美紀はどういう事態が起きたのかを理解した。

「ごめんなさい。黙って出歩いていること、お母さんにばれちゃった」

少年もすぐに事情を悟ったようだった。

「じゃあ、もう会えないんだ……」彼は寂しそうに呟いた。大きな瞳がみるみる潤《うる》んでいく。

美紀も胸が締めつけられた。

「そうだ」と美紀は名案を思いついた。「来年の今日、七夕《たなばた》の日にまた会おうよ。ここで」

少年の顔がぱっと輝いた。「本当？」

「もちろん。でも……」美紀はふいに心配になった。「もし、その日に来られなかったら、どうしよう……」

少年はにっこり笑って答えた。「そのときは、その次の七夕に会おう。それでも駄目ならその次。そうすれば絶対に会える」

「そうだね」美紀は安心した。

「約束だよ」少年がよく光る眼で美紀を見つめた。

「うん、約束ね」

二人は指切りを交わした。

そのとき、

「美紀、何やってるんだよ」

そう言いながら後藤が駆け寄ってくると、強引に二人のあいだに割り込んで少年の前に立ち塞がった。

「――痛い！　何するの、後藤くん」

「家へ帰ったら美紀がいないから、お母さんが心配して俺んちに電話をかけてきたんだ。さあ帰ろう」

後藤は美紀の腕をとって力任せに歩き出した。美紀も引きずられるようにして歩き出す。それでも美紀は何度も振り返って少年に手を振った。

「またね、バイバイ」

「バイバイ」少年は後藤には目もくれず、美紀だけをじっと見つめていた。

「へえ、そんなことがあったんだ」松尾が感心したように言った。「もしかして、八木さんの初恋の話？」

「そういうわけじゃないけど……」八木さんはちょっと言葉に迷った。「不思議な男の子だったな」

「それで、その男の子と再会できたの？」松尾が訊く。

「ううん。すっかり忘れてた」八木さんは舌を出した。

「じゃあ、彼とはそれ以来、会ってないのか」と僕。

「うん。それっきり一度も会ってない」

「誰なんだろうな、そいつ」松尾が首をひねる。「この町の同じ年頃の男なら大体知ってるんだけど、思い当たらないな。後藤は憶えてない？」

「いや、知らない奴だったよ」後藤がぼそぼそと言った。「たぶん、この町の子供じゃなかったんだろう」

「海霧の精だったんじゃないのか」

冗談を言いながらも、僕は釈然としなかった。たしかに一風変わった体験だが、絨毯を盗まれた話と何の関係もなさそうだったからだ。それとも、この男の子が犯人だとでも言いたいのだろうか？

そっと八木さんの表情を窺《うかが》ってみたが、彼女は膝を抱えて、少し眠たそうな顔で僕の軽口に微笑《ほほえ》んでいた。


週末を利用しての帰省だったので、翌日の昼過ぎ、僕は慌ただしく東京行きの列車に乗り込んだ。

馬場の自宅を訪ねてみたのだが、彼には会えなかった。僕が思っているより体調は悪いようだ。少し気になったが、このときはまださほど深刻には考えていなかった。

結局、絨毯の謎も分からなかったな、と僕は車窓に流れる景色を眺めながら思った。一瞬、絨毯の消失と八木さんのイタリア行きに繋がりがあるのではないか、という漠然とした考えが脳裏をよぎった。だが、昨夜の酒がまだ残っていてそれ以上考えるのが面倒だった。東京に戻ってからゆっくりと検討すればいい。僕は大きな欠伸をすると背もたれを後ろに倒した。列車の揺れがたちまち僕を眠りに引き込んだ。

そして、それっきりになってしまった。


一ヵ月後、八木美紀の訃報が届いた。

5

夕刻の墓地は閑散としていた。

僕は事情があって墓参がすっかり遅くなってしまった。

彼女の母親から娘の訃報を知らされたのは、去年の十月のことだ。

八木さんが亡くなったのは町から三十分ほどの距離にある県庁所在地だった。パスポートを受け取りに行った帰りで、彼女はホームで電車を待っていたらしい。近くにいた人の話では、突然ふわりと倒れたという。駅員が駆けつけたときには、すでに意識がなく、搬送先の病院で死亡が確認された。死因に不審な点は見あたらず、心不全と判断された。

享年二十。あまりに早すぎる死だった。

彼女の最期の様子を聞かされて僕は衝撃を受けたが、何かの間違いではないかという気持ちがずっと消えなかった。

だが、今日ここに来て墓誌に刻まれた八木美紀という名前を目にしたとき、僕はとうとう八木さんがこの世にいないことを認めざるを得なくなった。

背後から、足音がこちらに近づいてきた。

誰が来たのか振り返るまでもなかった。僕が呼び出したのだから。

「悪いな。忙しいところを」僕は彼の方に向き直った。

「構わないさ」後藤は微笑した。まるで別人のような憔悴《しょうすい》ぶりだった。

「……少し、やつれたな」

「そうか」後藤は興味なさそうに肩をすくめた。「それで、話というのは何だ」

「あの少年の話を、お前としたくなったんだ」

「何だって？」

「八木さんが霧の夜に出会った、あのナイーヴな少年だよ」

後藤はしばらく黙って僕を見つめた。

「そんな話をするために、俺を呼び出したのか」

「そうだ」

後藤はため息をついた。「だったら、早く済ませてくれ。疲れてるんだ」

「これから話すことは、何の根拠もない想像だ。あの少年はどうして霧の町を出歩いていたのだろうか。彼女と同じく、退屈を紛らわせるために霧の中を彷徨っていたのか。そうかもしれないが、俺は違う気がする」

「なぜだい」つまらなそうに後藤が訊く。

「彼が最後まで名前を八木さんに告げなかったからだ。普通なら隠す理由はないだろう。子供が遅い時刻にこっそり出歩くのだから親や教師には秘密にしなければならないだろうが、八木さんに自分の素姓を隠す必要はない。現に八木さんは自分の名前を少年に告げている。だが少年は名前を教えなかった。それはなぜか」

「自分の名前にコンプレックスを持っていたんじゃないのか」物憂《ものう》げに後藤が言った。

「去年の夏」僕はかまわずに続けた。「みんなに会うために帰省したとき、久しぶりに駅裏の路地を歩いたんだ。全然変わってなくて懐かしかったが、興味深い変化もあった。猫だよ」

「猫？」初めて後藤の表情が動いた。

「小学生の頃、俺はあの路地を遊び場にしていたんだけど、当時の猫はひどく俺を怖がっていた。そばを通りかかっただけなのに、まるで天敵にでも出会ったように慌てふためいて逃げていった。それも一匹だけじゃない。どの猫も同じだった。当時の俺は、猫って本当に警戒心が強い動物なんだなと気にも留めなかったが、今思えば、猫たちは〝経験〟として俺を恐れたんだ。あるいは俺と同じ年恰好の少年を――」

「猫を虐《いじ》めていたというのか？」と後藤が鋭く言った。「あの少年が……」

「八木さんの靴下に血がついていた話を憶えているか？　あれはおそらく少年が傷つけた猫の

ものだ」

「だとしても」後藤が再び物憂げな口調に戻る。「どうして俺にそんなことを話すんだ」

「亡くなった八木さんを除けば、あの少年と会ったことがあるのはお前だけだからだ。だから俺の想像が正しいかどうか、判断できるのはお前しかいない」

後藤は仕方なさそうにため息をついた。

「分かったよ。その想像とやらを聞けばいいんだろう」

「その前にひとつ確認したい。お前が少年に会ったのは、八木さんの母親から電話を受けて彼女を捜しに出た夜——あのときが初めてだったんだな」

「もちろん、そうだ」

「だったら、お前はどうして少年を邪険に扱ったんだ」

後藤は顔をしかめた。「そうだったかな。憶えていない」

「お前は決して理由もなく他人を粗末に扱わない。そのことは長いつきあいの俺がよく知っている。だから少年に対するお前の振る舞いが腑に落ちないんだ」

「俺だって機嫌の悪いときもある。そう愛想良くばかりもしていられないさ。たぶん、あのときは八木を捜す手伝いをさせられて腹が立っていたんだろう。大好きなテレビ番組を見逃したのかもしれん。それで彼に八つ当たりをしてしまったんだ」後藤はつまらなそうに笑った。

「違う、と言いたげな顔だな」

「もしかすると、お前は、あの少年の中に邪悪な何かを認めたんじゃないか。だから彼が八木さんと仲良くするのが許せなかった」

「考えすぎだ」

「――じゃあ、あの約束についてはどうだ?」

「約束だって?」

「そうだ。七夕の日に会おうという、八木さんが少年と交わした約束だ」

後藤は小馬鹿にしたように口を歪めた。

「子供というのは、よくそういう約束を口にするものだ。俺だって幼稚園のとき、同じ組の女の子と結婚の約束をした。でも、そんなことはすぐに忘れてしまう。事実、八木だって忘れていた」

「もし彼が忘れなかったとしたら?」

後藤は沈黙した。

「ここに一人の少年がいる。彼は霧の町を一人彷徨うのが好きだ。彼は話がうまく、同時に聞き上手で、頭が良く、女の子にも優しい。彼はふとしたきっかけで魅力的な少女と知り合い親しくなった。きっと彼は彼女が好きになったんだろう」

「俺が知るか、そんなこと」後藤の口調はそっけなかった。

「ところが、少年はせっかく仲良くなった少女と会えなくなってしまった。でも少年は寂しくはなかった。二人は約束を交わしているからだ。七夕の日に会おうという約束だ」

「知っているさ。俺もその場にいたんだからな」

「だが、少女は約束を忘れてしまった」

後藤が小さく舌打ちを漏らした。

「少年も約束を忘れてしまったかもしれない。それなら何も問題はない。双方が忘れてしまった約束なら何の恨みも残さないからだ。だが、もし少年が忘れていなかったら？」

「もうよせ。馬鹿馬鹿しい」後藤はそっぽを向いた。

「少年は約束を守り続け、少女は約束を破り続ける。一方的な破棄が積み重なったとき、少年は何を思っただろう。そして少女に対する感情をどうしても抑えきれなくなったとき、少年はどんな行動に出ただろうか」

「もうよせって！」

「彼は風変わりな少年だった。彼は自分の名前を決して教えなかった。大好きになった少女にさえも。そして彼は霧に隠れて罪もない動物を虐めていた。その少年の十年にも及ぶ、少女への怒りと憎しみが行き着いた先――それが、あの絨毯消失事件だったとしたら……」

「……何が言いたい」

僕は静かに告げた。

「八木さんの部屋から絨毯を持ち出したのは――後藤、お前なんだろう」

後藤の顔には何の反応も表れなかった。怒るわけでもなく笑い飛ばすわけでもない。まったくの無表情だった。

「俺が？　どうして俺がそんなことをしなければならないんだ？」

僕は息を吸い込んで勇気を振り絞った。

「男の死体を、彼女の部屋から運び出すためだ」

後藤はしばらく黙っていた。それからゆっくりと口を開いた。

「八木の部屋で、あの男が死んだというのか？」

「そうだ」

後藤の眉が跳ね上がった。だが、静かな口調は変わらなかった。

「八木がその男を殺したというのか」

「いや、男を殺したのは、お前だよ、後藤」

「俺がか？」後藤は面白がるように言った。「動機は何だ？」

「八木さんを男から守るためだ」

「いいだろう」後藤は微笑した。「俺が八木のために男を殺したとしようか。問題は、男が八木の部屋で死んだという点だ。それが事実だとすると、男が八木の自宅を探し出して侵入し、彼女に危害を加えようとしたことを意味している。そして逆に返り討ちに遭ったということをも意味している。そうだな？」

「そうだ」

「では訊くが、男を返り討ちにした人物——お前の推理によれば犯人は俺らしいから、仮に俺が犯人として——俺は男があの日に復讐を決行することをどうやって知ったんだ？」

後藤は鋭い視線を僕に向けた。

「俺は、そいつの住所も、電話番号も、名前さえ知らないんだぞ。そいつがどれほど八木に対する恨みを抱えていようが、復讐を考えようが、俺にはそれを知る手だてはないし、そいつがいつ復讐を実行するつもりなのかを察知することもできない。それとも男がインターネットで犯行の日時を予告していたとでもいうのか?」

「そうは思っていないよ」僕は言った。

「では、俺が二十四時間、八木の家を見張っていて、男がやって来たら、すぐに飛び出せるように待機していたとでも?」

僕は黙って首を振った。

「じゃあ、どうやって?」

「お前が毎年、八木さんの代わりに、彼との待ち合わせ場所を訪れていたからだ」

「……何だと」

「彼が待ち合わせ場所に来ているかどうか、チェックするのが目的だったんだろう」

後藤は黙り込んだ。

「これがお前の質問に対する答えだ。彼の名前や住所を知らなくても、七月七日に約束の場所へ行けば、彼が八木さんとの約束を忘れたかどうかを確かめることができる。八木さん以外に、その場所を知っているのはお前しかいない。その方法を実行できるのはお前だけなんだ」

後藤の顔にゆっくりと微笑が広がっていった。

「いつ、そのことに気がついたんだ、佐倉？」

「初めて絨毯の話を聞いたときから、犯人は俺たちの中の誰かかもしれない、とは思っていた。でも、それ以上は考えたくなかった。俺の勘違いであって欲しいと本気で思ったし……。だけど、八木さんが死んだことを知って気が変わった。彼女の死因はおそらく心労だ。彼女は真相に気づいてたんじゃないかな。俺たちの誰かを庇って知らないふりをしていたんだ。だが、それは殺人を隠蔽《いんぺい》するということだ。普通の神経で耐えられるわけがない。だから彼女はイタリアへ逃げ出そうとした」

後藤が目を細めて僕を見た。

「お前が真相の追究に情熱を傾けるのは、死んだ八木のためか？」

「それもあるが」と僕は答えた。「もう一人救いたい男がいる」

後藤は静かに頷いた。

「次は俺が話す番だな」

6

「きっかけは偶然だったんだ」

後藤は少し掠《かす》れて聞き取りにくい声で話した。

「高校二年の時だった。バイトに行く途中で、同年代の男がぽつんと突っ立っているのが見えたんだ。見かけない奴だなとは思ったが、そのときはバイトに遅れそうだったから、気にせずに通り過ぎた。ところが、バイトからの帰り道、そいつはまだ同じ場所に立っていた。三時間半もずっと霧の中に立っていたんだ。呆れてまじまじと顔を見てやったよ。男はこっちに何の興味も示さなかったが、俺は奴の顔に何となく見覚えがあるような気がした。もしかしたら、と思い当たったのは家に帰ったあと、今日が七夕だったと思い出したからだ。霧の夜に八木と会っていた男の子じゃないかって。でも、すぐには信じられなかった。だって小学生時代の約束だぜ。高校生になるまで後生大事に抱え込んでいる人間はいないだろう。

だけど、そう思いつつも無意識に気になっていたんだろうな、翌年の七夕が近くなると、再びそいつのことを思い出して頭から離れなくなった。もう受験生でバイトもなかったけど、俺は夜になるとその場所に行ってみた。どうか誰もいませんようにと願ったんだが、男はいた。奴の顔に浮かんでいた表情と、暗い眼差《まなざ》しを見た途端、俺は頭から冷水をぶっかけられたような気がした。こいつは頭がおかしい——俺はそう確信した。家に帰ってもしばらく鳥肌が治まらなかったよ。

あいつはいつまで八木を待ち続けるつもりなのか。八木はとっくにそんなこと忘れているというのに。俺は恐ろしかった。もし八木とこの男が遭遇したら、何か嫌なことが起こるんじゃないかと心配で堪《たま》らなかった」

「八木さんには言わなかったのか」

「ああ、言っても怖がらせてしまうだけだし、あの男は八木の手には負えない」

「そうかもしれない」

「俺は翌年も、七月七日が来ると約束の場所に出かけた。やはり奴はその場所にやって来た。霧の中から湧き出るように現れて、コンクリートの塀に寄りかかって数時間ひたすら八木を待ち続ける。そのあいだ、まるで彫像のように身動きしないままだ。信じられるか？　そして日付が変わる頃、再び霧に溶けるように姿を消すんだ」

「いつも、そうなのか？」

「ああ。一度の例外もなかった。誰かが通りかかっても僅《わず》かな関心も示さない。八木以外はまったく眼中にないという感じだった」

「すごい執念だな。きっと彼は俺たちとはまったく異質の価値観で生きているんだろう」

「それは間違いない」後藤は頷いた。「そしてまた七夕の日がやってきた。頼むからもう来ないでくれ。俺は祈るような気持ちで約束の場所に向かった。するとあいつはいなかった。すごく意外だったよ。さすがの奴もとうとう諦めたのかと思いかけた。だが、ふと嫌な予感がしたんだ。俺は胸騒ぎがして八木の家に向かった。家はひっそりとしていた。俺は考えすぎかな、と苦笑しながら、何気なく門扉《もんぴ》を見てぞっとした。扉についている掛け金がほんの少し傾いているんだ。八木はこういうところが神経質で、必ずきっちりと閉める性格だ。

　俺は中途半端に閉められた掛け金が気になって、立ち去ることができなかった。そしてとうとう決心して、家に入ってみることにした。合い鍵の置き場所は彼女から聞いて知っていた。

玄関脇のプランターの裏だ。ところがプランターの位置も僅かにずれていた。どうやらあの男は合い鍵の場所を探り当ててしまったらしい。俺は鍵を開けて中に入った。一歩足を踏み入れた瞬間、俺は男がここにいることを確信した。明らかに家の中に人の気配があるんだ。俺は玄関から奴に呼びかけた。

『久しぶりだね。俺を憶えているかい？　君と話がしたい。出てきてくれないか』

だが返事はない。俺はもう一度呼びかけた。それでも返事はなかった。

『分かった。それなら仕方がない。俺の方から行くよ』

そう宣言して、俺は靴を脱いだ。

俺は一応、姿を見せずに息を潜めている男を警戒していた。だが、やはり油断があったんだろうな。まさか、いきなり包丁を振りかざして襲ってくるとは思わなかったんだ。

奴が突き出す包丁を間一髪で避けたが、全身に鳥肌が立ったよ。よせ、と叫んだが奴の耳には入らないようだった。俺は逃げなければ、と思った。最初の一撃をかわしたとき、お互いの立ち位置が入れ替わっていたんだ。今や守勢なのは俺の方だった。奴は何か叫びながらこちらに突進してきた。俺は逃げた。家中を逃げ回った。そして気がつくと、俺は八木の部屋に追いつめられていた。

もう、どこにも逃げ場はなかった。しかし、その事実が逆に俺を落ち着かせた。ようやく覚悟が決まったんだ。あいつは俺が観念したと思ったのだろう、にやりと笑うと再び包丁を突き入れてきた。俺は相手の腕を摑み、思い切り捻りあげた。そのまま揉み合いになった。気がつくと……包丁が奴の腹に刺さっていた」

「そのとき、絨毯の上に血がついたんだな?」

「ああ。傷口から大量に血が滴《したた》ったんだ」

「それで、どうしたんだ」

「俺は死体と絨毯を担ぎ上げて八木が帰ってくる前に家を出た。そして死体を山の中に捨てた」

「どうやって?」

「車だ。駅前のロータリーに車を停めておいた。それを彼女の家まで乗りつけて死体と血のついた絨毯を積み込んだ」

僕は息を吸い込んで止めた。

「それは嘘だ」


「八木さんが絨毯について話していたことを憶えているか?」と僕は言った。「酔って帰ってきたときは間違いなく絨毯はあった。だけど翌朝、目が覚めると絨毯は消えていた、と。つまり絨毯が持ち出されたのは、彼女が帰宅したあとなんだ」

「あのときは俺も気が動転していたから……」後藤は言い直した。「絨毯を持ち出したのは深夜だったかもしれない」

「だが彼女はこうも言っていた。部屋に入ると、足元がふわふわとして絨毯が浮かんでいるような気がした。だから不思議に思ってまじまじと絨毯を見つめた――と。当然、血痕が目についたはずだ」

「酔っていれば見落とすこともあるだろう」後藤の反駁《はんばく》は弱々しかった。

「腹部から流れ出た多量の血が絨毯についたんだ。いくら酔っていても八木さんなら見落とさないだろう」

　後藤は視線をそらした。

「そこで俺は考えた。男の血によって汚れた絨毯と、彼女が帰宅したときに違和感を覚えた絨毯は別の物ではなかったかと。この推測が成立するためには、彼女が使っているのと同じ絨毯がもう一枚必要になる。お前は馬場の店で彼女と同じ絨毯を密かに購入したんだろう」

「待てよ」後藤が静かに反論した。「俺が事前に奴とトラブルになることを予測できるはずがないだろう。奴が刃物で襲ってきたのも、あの絨毯の上に血が流れたことも、すべて偶然のできごとだ」

「分かってるよ」僕は言った。「だから、お前が絨毯を購入したのは男を刺してしまったあとだ。お前は馬場に電話をして、新しい絨毯を八木さんの家まで持ってこさせたんだ」

「お前の推理には矛盾がある」後藤が言った。「いいか。もし俺が新しい絨毯を血のついた絨毯と入れ替えたのなら、そのままにしておけばいいじゃないか。せっかく用意した新しい絨毯をどうして再び運び出す必要がある？」

「同感だ。おそらく絨毯の入れ替えのときにハプニングが発生したんだ。だから新しい絨毯も持ち帰らなくてはならなくなった」

「まるで見てきたような言い方だな」

「馬場が絨毯を持ってくる前にやるべき作業はたくさんある。まずは八木さんにメールして、彼女の帰宅時間を聞き出さなければならない。壁や家具に血が飛び散っていないか確認する必要がある。部屋に血の匂いがこもっていれば窓を開けて換気する必要もあるだろう。そのうちに馬場が駆けつけてくる。ようやく作業開始だ。ところが、ここで予想外の事態が発生した。八木さんが飲み会を早めに切り上げて帰ってきたんだ。絶体絶命のピンチだがお前はついていた。窓を開けていたおかげで八木さんのハイヒールの音に気づくことができた」

後藤は黙って肩をすくめただけだった。

「もしも俺がお前の立場だったらどうするか。時間の猶予はおそらく二、三分しかない。死体はとりあえず押入にでも放り込めばいいが、問題は絨毯だ。いくら元ラグビー部の巨漢が二人揃っていたとしても、そんな短時間のあいだに古い絨毯を引きはがして、新しい絨毯を敷くのは無理だ」

「お前だったらどうする」後藤が興味深げに訊ねた。

「古い絨毯の上に新しい絨毯を重ねる。馬場が家具を壁に押しつけて下部を浮かせ、後藤が床面にできた隙間に絨毯を押し込む。それなら二、三分あれば不可能じゃない」

後藤が低く笑った。

「驚いたな。俺も同じことを考えたんだ」

「それならまるで絨毯が浮かんでいるみたいだった、という彼女の話とも一致する。絨毯を重ねたら相当にふわふわするだろうからな。しかし、それはあくまでも一時しのぎの策でしかない。帰宅時は酔っているからうまく誤魔化せても、朝になって酔いが醒めれば、絨毯が重ねられていることはすぐに分かってしまう」

「もちろんだ。だから俺たちは、彼女がぐっすり眠り込むまで押入の中で待っていた」

「馬場も一緒にか」

「俺と馬場と死体で仲良く一緒に、だ」

想像したくもない情景だ。

「八木が眠りに落ちた頃を見計らって、俺と馬場は押入を出た。電気は消されていたが、カーテンの隙間から街灯の明かりが差し込んでいて、最低限の視界は確保できた。俺たちは八木が熟睡していることを慎重に確かめると、彼女のベッドをそっと持ち上げて別の部屋に運び込んだ。それから彼女の部屋に戻って明かりをつけた。目的は血のついた古い絨毯を持ち去ることだ。そのためには新しい絨毯をもう一度あげなければならない。ところが新しい絨毯を持ち上げてみると、俺たちは予想外の事態が生じていることを知った」

「古い絨毯の血だまりが乾かないうちに上に絨毯を重ねた。だから新しい絨毯の裏側に血が付いてしまった。そうじゃないのか」

「想像だけで、よく分かるものだな」後藤は呆れたように言った。「俺は迷った。新しい絨毯の染みは裏側だ。そのまま残していっても八木に気づかれる可能性は低かった」

「じゃあ、どうして二枚とも持ち去ったんだ?」

「あいつがあの絨毯に飽きたらどうなると思う?」後藤が深刻な口調で言った。

「なるほど」と僕は頷く。「新しい絨毯を買ってきて、部屋の模様替えをされたら一発でばれてしまう」

「そういうわけだ。俺と馬場は古い絨毯に死体を包むと、一旦それを玄関に置いて部屋に戻った。それから無駄になってしまった新しい絨毯も丸めて古い絨毯の横に置いた。もう一度引き返して部屋の中を慎重に点検してから電気を消した。暗闇に目が慣れるのを待って彼女のベッドを元に戻した。ベッドを運んでいる途中で彼女が寝言を呟いたときは心臓が跳ね上がったけど、いい夢を見ていたようだ。まるで天使のような寝顔だったよ……。あのときのあいつの顔は一生忘れない」

「魔法の絨毯に乗って空を飛ぶ夢を見ていたときかな」

「たぶんな」後藤は微かに口元を綻《ほころ》ばせた。

「それで、死体はどうしたんだ?」

「馬場が乗ってきたヴァンに積み込んで山に捨てに行った。人が滅多に来ない場所を知っていたから俺の運転で車を走らせた。その先は二人で担いでいって、絨毯ごと谷底へ投げ落とした」

僕も後藤も、しばらく黙って佇《たたず》んでいた。

「なるほど。それですべてが分かったよ」

僕が言うと、なぜか後藤は微笑した。

「まだ納得するのは早いぜ。最大の不思議はこのあとなんだ」

「どういうことだ？」

「奴を谷底に投げ捨てた後、俺たちは一度も振り返らずに逃げ帰った。それからの数日は生きた心地もしなかったよ。もちろん、そのあいだは新聞やテレビのニュースは一度も見ていない。あの、世界すべてが敵に思えるような恐怖は、お前には絶対に理解できないだろう」

「事件は露見しなかったようだな」

「ああ。俺が言うのも何だが、悪事はすべからく露見し、悪人は罰せられるべきだ。そう信じて生きてきたんだからな。ところが、十日経ち、一ヵ月が経っても、山中で他殺死体が発見されたという報道はなかった。

　そんなある日、馬場が俺に電話をかけてきた。死体を絨毯にくるんだのは失敗だった。もし死体が見つかったら警察は絨毯を調べるだろう、そうなれば自分の店で販売した商品だと判明してしまうと言うんだ。もっともだと思ったから、何とかすると約束した。俺は勇気を振り絞って一月前に死体を捨てた場所を訪れた。震えながら谷底を覗き込んだら何が見えたと思う？

死体が消えていたんだ」

「消えていた？」

「そう。文字通り、あとかたもなく」

7

「本当に、死体が消えてしまったのか？」

「そうだ」

僕は天を仰いだ。絨毯消失の謎が解決したと思ったら、今度は死体が消えたというのだ。

「死体が消えた……か。後藤はどう思ってるんだ」

「分かるわけがないだろう」後藤は疲れたように言った。「想像もつかん」

「何か理由があるはずだ」

「どうでもいいよ。八木が死んでしまった今となっては」

「後藤……」

「だが、これだけは信じてくれ。俺は自分の犯罪を隠すために死体を捨てたんじゃない。八木のために俺は事件を闇に葬ろうとしたんだ」

「分かってるさ」

「……そうか。だけどな、佐倉。事件を隠蔽すればそれで済むと思っていた俺たちは甘かった。俺も馬場も、二度とそれまでの平穏な暮らしに戻ることは出来なかったんだ」

後藤のまぶたが微かに痙攣《けいれん》した。

「俺は今でも、あの夜のことが頭から離れない。昼も夜も、奴の顔が目の前にちらつくんだ。その度に自分が少しずつ消耗していくのが分かる。いや、壊れていくんだろう。もう今の俺は昔の俺じゃない。馬場だってそうだ」

「入院していると聞いたけど……」

「ああ……。あいつは俺と違って気持ちの優しい男だからな。酒を飲まずにはいられなかったんだ。周囲にはそのことを隠して、風邪をこじらせて寝ているんだと説明していた。馬鹿だよ。毎日浴びるほど飲み続けて、とうとう倒れちまった……」

後藤は肩を落として呟いた。

「……どうして、あいつを巻き込んじまったんだろうな、俺は……」

僕は俯《うつむ》いたまま後藤の言葉を聞いていた。彼の話に打ちのめされたわけではない。後藤と話すうちに、僕の胸にひとつの想像が生まれていたのだ。そして想像は少しずつ確信へと変わりつつあった。うまくいけば、この事件を何とか着地させることができるかもしれない。自信はなかった。だが、試してみる価値はある。

「ちょっと付き合ってくれないか」僕は言った。

「えっ？」

「車で来てるんだろう。一緒に町まで戻ろう。俺が運転するよ」

「どこへ行く気だ？」後藤が怪訝そうに訊いた。

「いいからキーを貸してくれ。車の中で説明するから」

「絨毯は残っていたのか?」

車を町に向かって走らせながら、僕は助手席の後藤に訊いた。

「消えていたのは死体だけだったのか、それとも絨毯も無くなっていたのか」

「ああ……絨毯は残っていた」

前方の信号が黄色に変わった。僕はアクセルを踏み込んで交差点を強引に通り抜けた。自分では落ち着いているつもりだが、やはり気持ちが昂っているのかもしれない。

「すると場所を間違えたわけではなく、本当に死体が消えたわけだ。——いや」僕は訂正した。「それは死体じゃなかったのかもしれない」

後藤は呆気にとられたように僕を見た。しばらく言葉を探していたようだったが、口にしたのは、「馬鹿馬鹿しい!」だった。

「どうして男が死んでいたと分かる?」と僕は指摘した。「重傷を負って意識を失った人間の生死を、冷静さを欠いていたお前が正確に判断できたとは俺には思えない」

ウインカーを出しながら右側の車線に移り、さらに右折レーンから県道へと入った。車の数が少しだけ増えた。対向車のヘッドライトが霧の中に光の筋を描く。

「佐倉、お前……」

「もちろん俺は医者じゃない。だから男が実際には死んでいなかったという可能性を持ち出すのは、希望的観測に過ぎない」

「じゃあ、何か」後藤が口を歪めた。「息を吹き返した男が谷底から這い上がって家へ帰ったというのか？」

「重傷を負った人間が、急な斜面を登るのはさすがに無理だろう」

「偶然通りかかった親切な人が背負って登ってくれたとでも？」

「それもちょっとあり得ないだろうな。だから、一番ありそうなのは、投げ落とされたショックで意識が戻った彼が、携帯電話で誰かに助けを求めたという展開かな」

「気はたしかか、佐倉」今度は心配そうに後藤が言った。「あんな山の中で携帯は使えない。間違いなく圏外だ」

「分かってるよ」僕は苦笑した。「だけど彼が通信衛星を利用する携帯電話を持っていたら、話は変わってくる」

「通信衛星？　衛星携帯電話というやつか……？」

僕は頷く。「もしも彼が、そういう種類の携帯を持っていたとすれば、山の中から救援を求める電話をかけることができる」

「……しかし、それはお前の想像でしかない」

「そうだな」と僕は言った。「だから彼が生きているかどうか、確認しに行くんじゃないか」

「どうやってだ？」後藤が言う。「俺たちには彼の生死を確認する手段はないはずだ」

「彼は不思議な男だね」僕は言った。「ひどく思いこみの激しい人物のようだ。というよりも、こうと決めたら意地でも考えを変えない。頑固というか、粘着質というか」

「自分勝手なだけだ」後藤が吐き捨てる。

僕は県道を外れて住宅地の中へと車を乗り入れた。狭い道に沿って車をゆっくりと走らせる。

「さて、俺の記憶だと、この辺りのはずなんだけどなあ」

霧のせいで遠くまで見通せないのがもどかしい。それでも五分ほど近所をうろうろしているうちに目的の建物が見つかった。僕はハザードランプをつけて車を停めた。

その建物は個人が自宅で開いている子供向けの塾だった。門の傍《かたわ》らに置かれた大きな植木鉢に笹が植わっていた。笹には子供たちが書いたらしい色とりどりの短冊が結びつけられていた。

「まさか、ここであの男が講師をしているのか」後藤が眉をひそめて、窓越しに向かいの建物を眺めた。

「そうじゃないよ」僕はシートベルトを外しながら言った。「さあ、車を降りよう。ここからは徒歩だ」

僕は不思議そうな顔で車を降りた後藤にキーを返した。

「実は、ここから先は俺には分からない」僕は言った。

「何だって?」後藤が咎めるように僕を睨《にら》む。

「だけどお前は知っているはずだ。彼がどこにいるのか」

「俺は奴の居場所を知らないと言っただろ——」後藤が口をつぐんだ。

「やっと気がついたか」僕は微笑した。「今日が七夕だってことに」

「まさかとは思うが、お前……」

「七月七日は」と僕は澄まして言った。「我々が彼に会うことのできる唯一の日だ。このチャンスを利用しない手はないぜ」

「馬鹿な」後藤が呻《うめ》いた。「奴がいるわけがない。あいつは包丁を腹に突き立てられ、ゴミを捨てるように谷底へ投げ捨てられたんだ……。そんな目に遭った男が、約束通り八木を待っていると思うか？　だいいち、八木はもう――」

「彼は知らないはずだよ。八木さんが亡くなったことを」

「しかし……」後藤が絶句する。

「後藤は彼を見損なっているよ。彼は信念の男だ。一度こうと決めたことは何があっても変えない」僕は露悪的に笑った。「殺されない限りは」

後藤は額にびっしりと汗を浮かべている。

「さあ、彼に会いに行くとしよう」

僕は後藤の背中をぽんと押した。後藤がふらふらと歩き出す。まるで夢遊病者の如《ごと》き足取りだ。

「本当に、こっちでいいんだろうな」僕は思わず後藤の後ろ姿に声をかけた。

後藤は無言で振り返ると、ひどく青ざめた顔を頷かせ、再び歩き出した。クリーニング店の角を左に曲がり、錆《さび》の浮いたカーブミラーの下を右に折れて僕たちは進んだ。

僕も後藤も無言だ。潮臭い海霧が僕たちの鼻先を流れていく。

「突き当たりを左に曲がったところだ……」

前を向いたまま、後藤がぼそりと呟いた。

「いよいよご対面か」僕は身震いする。「いったいどんな男なのか、ついに顔を拝めるわけだ」

角を曲がる。霧の中に人影がぼんやりと浮かんでいた。若い男だ。両手をポケットに入れて古い壁にもたれ、俯いてじっと地面に視線を落としている。意外なことに彼の第一印象はいたって普通だった。たしかに綺麗な顔立ちだが、想像していたような悪魔的な美青年とは違っていた。

後藤がぎくしゃくと立ち止まった。僕も友人の傍らで足を止める。

「どうだい」と僕は後藤に囁いた。「彼があの海霧の男かい？」

後藤は口をぽかんと開けて男を凝視していた。

「……信じられん。奴だ！……本当にいやがった」

僕は後藤の肩を叩いた。「これでお前が殺人者でないことが証明されたわけだ。死体遺棄罪からも解放だ。傷害罪は逃れられないけど、どうやら彼の方は訴えるつもりはなさそうだ。

——ほら、ぼんやりしてないで馬場にこの朗報を伝えてやれよ」

ドッペルゲンガーを捜しにいこう

1

その少年が訪ねてきたのは、夏休みも間近の蒸し暑い午後のことだった。

よくあることだが、梅雨《つゆ》明け宣言が発表された途端、天《あま》の邪鬼《じゃく》な低気圧が舞い戻ってきて雨の日が続き、今日になってようやく珊瑚礁の海のような夏空が広がった。

おかげで気温がぐんぐん上昇してしまい、開け放った窓から遠くの入道雲を眺めながら、僕は早くも夕立を懐かしく思い始めていた。

散歩がてら夕食の材料を買いに行くか、それとも出かけるのは止めにして部屋でビールを飲むか、思案しているとチャイムが鳴った。

ドアを開けると、見知らぬ少年が立っていた。

小学校の五年か六年くらいだろうか。意志の強さと繊細さを感じさせる目で僕を見上げている。軽く閉じた口元に何とも言えない清潔感があって、僕は一目で彼が気に入ってしまった。

「あの……、佐倉《さくら》さんですか」少年が訊ねた。彼はまだ声変わりしていなかった。

僕は頷くと、膝に手を置いて身を屈めた。

「そうだけど、俺に何か用かな」

「はい……」と言ったきり、少年は口ごもった。初対面の相手と対峙したときの、あの微《かす》かに身構えるような緊張感が、彼の顔に浮かんでいた。

「大事な話のようだね」僕は優しく言った。

少年がこくりと頷く。

「遠慮しなくていいよ。言ってごらん」

「……あの」少年はそれでも躊躇《ためら》っていたが、とうとう決心したように言った。

「佐倉さん。僕たちと一緒に、ドッペルゲンガーを捜してもらえませんか」

2

僕は呆気にとられつつも、少年を招き入れた。

事情はさっぱり分からないが、立ち話で済ませる用件でないのはたしかだった。

「ええと、君は？」

「あ、ごめんなさい。僕は水野《みずの》です。水野由起夫《ゆきお》」

「そう。とりあえず座って、水野くん」

彼をソファに座らせてから、僕ははたと気づいた。彼に出す飲み物がないのだ。小学生に珈琲《コーヒー》を出しても喜ばないだろうし、ビールは論外である。それにお茶菓子の用意もない。

「水野くん。すぐに戻るから、ちょっと待っていてくれるかな」

僕は素早く部屋を出て、二〇三号室のチャイムを押した。

「はい」どこか不機嫌そうな蓬莱玲実《ほうらいたまみ》の声がインターフォンから聞こえてきた。「どなたですか」

「二〇一の佐倉だけど」

「佐倉くんか」少しだけインターフォンの声が優しくなる。「ごめん、今、急ぎのレポートがあって手が離せないんだ。なに？」

「悪いけど、ジュースを一杯、分けてくれないかな」

「は？」蓬莱さんが訊き返す。「ジュース？　佐倉くんが？　スコッチじゃなくて？」

人をアルコール依存症のように言ってくれる。しかし、ここは我慢だ。

「炭酸でも、一〇〇パーセント濃縮還元でも、カルピスでも、何でも構わない。あと、できれば飲み物に合うお菓子も提供してもらえたら助かる」

「もしかして、お客さん？」口は悪いが、さすがは蓬莱さん、察しがいい。

「そう、小学生の男の子なんだ」

「――分かった。ちょっと待って」

一分と経たずにドアが開いた。一目でレポートがなかなか難産だと分かった。パソコンの前で掻《か》きむしったらしく、彼女の髪は少しばかり跳ね上がっていた。それを除けば、眼鏡のよく似合う理性的な顔立ちの女性だ。

「お待たせ。これでいい？」

蓬萊さんが差し出したお盆には、ミルクの入ったグラスと、チーズケーキが載っていた。

「恩に着るよ」僕は心から言った。持つべきものは食いしん坊の隣人である。

3

水野くんがケーキを食べているあいだに、僕は珈琲を淹《い》れ、彼の向かいに座った。珈琲を啜《すす》りながら、行儀良くチーズケーキを食べている水野くんを眺めた。

「念のために訊きたいんだけど」僕は期待を込めて言った。「ドッペルゲンガーというのは、君が飼っている犬の名前かい？」

あるいは外国から来たばかりのクラスメイトが迷子になったのかもしれない。

だが世の常として、希望というのは、たいてい叶わないものである。

「いえ、違います」水野くんは申し訳なさそうにフォークを置いた。「ドッペルゲンガーというのは、ヨーロッパに古くから伝わる怪現象です」

僕はそっと天井を見上げた。やっぱり、そうくるのか。超常現象には興味のない僕でも名前を聞いたことがあるくらいだから、さぞかし有名な話なのだろう。

「佐倉さんは、知ってますか？」遠慮がちに少年が訊いた。

「あまり詳しくはないけど」名前しか知らないとは、年長者として認めたくないではないか。

僕は必死に記憶を探った。「たしか……もう一人の自分が現れるんだっけ？」

「はい、そうです」

「ドッペルゲンガーって、あまり縁起の良くない存在だったたんじゃないかな」僕は曖昧に言った。

「はい」と水野くんは頷いた。「自分のドッペルゲンガーを見た者は、数日以内に死ぬと言われています」

「え、そうなの？」その伝承は初耳だった。「それが本当なら、そっとしておいた方がいいんじゃないのか。向こうがやって来るのは仕方がないとして、こちらから捜しに行く必要はないだろう」

「実は、僕の友達が、ドッペルゲンガーを見てしまったんです」水野くんが真剣な面持ちで言った。

「君の友達が？」

「同じクラスの中島《なかじま》くんという子なんです」

「その子が、自分のドッペルゲンガーを見たというの？」

「はい」

「なるほど」もし彼が妖怪や魔物の類《たぐい》を信じているのなら、さぞ恐怖だろう。「つまり、その友達のドッペルゲンガーを捜そうというわけだね」

水野くんが頷く。

「見つけて、どうするんだ」

「たったひとつだけ、ドッペルゲンガーの呪いから逃れる方法があるんです」

「へえ。そんな方法があるのか」僕は興味を感じた。「どうすればいいんだ」

「まず、自分のドッペルゲンガーを見つけます」

僕は珈琲を啜った。「ふむ」

「見つけたら、急いでドッペルゲンガーの影を踏むんです」

「影を？」

「はい。そうすると、ドッペルゲンガーは動けなくなるんです」

「ふーん」世の怪物にはたいてい弱点が設定されているものだが、ドッペルゲンガーも例外ではなかったわけだ。連中の弱点は自分の影か。何となく似つかわしい気がした。

「影を踏まれたドッペルゲンガーは、足をどけてくれと頼みます。もちろん断ります。嫌だとはっきりと言うんです。そうするとドッペルゲンガーは怒ります」

「だろうね」

「足をどけないとひどい目に遭わせるぞとドッペルゲンガーは脅かします。でも弱気になってはいけないんです。絶対に嫌だと言い張るんです。脅しがきかないことが分かるとドッペルゲンガーは弱気になってきます。そして、ついに最後には、ドッペルゲンガーは泣き出します」

「泣くのか。ドッペルゲンガーが」

「はい。大粒の涙がつつっと頬を伝います。見た人の話によると、ドッペルゲンガーの涙はすごく綺麗なエメラルドブルーだそうです」

「ほう」

「涙は頬を伝っていって、やがてあごの先からぽたりと垂れます。それが最初で最後のチャンスです。その瞬間、すばやく手を伸ばして、涙を手のひらで受けます。涙に触ることができたら、呪いは解けるんです」

「なるほど。そういうことか」

僕は感心した。なかなか面白い話だ。

「問題はどうやってドッペルゲンガーを見つけるかだな」

「そうなんです」

水野くんは認めたが、彼の表情には余裕があった。

「でも、僕たちは運が良かった。偶然にドッペルゲンガーを見つけたんです」

「見つけた?」

「はい。友達の長谷川《はせがわ》くんが先週の金曜日、駅前の商店街で中島くんが歩いているのを見かけたんです。長谷川くんは、あれっと思いました。だって、その時間は中島くんは塾で勉強しているはずなんです。長谷川くんはそっとあとをつけながら、中島くんの家に電話をしてみました。思った通りでした。お母さんが出てきて、みつる——というのが中島くんの名前です——は塾に行っていると言いました。長谷川くんが見たのは中島くんじゃなくて、中島くんのドッペルゲンガーだったんです。長谷川くんは尾行を続けました。そしてとうとう、ドッペルゲンガーの家を突き止めるのに成功したんです」

「そりゃ、すごい。ドッペルゲンガーはいったいどこに棲んでいたんだ」

「佐倉さんは、町外れの廃工場を知ってますか？」

「もちろん、知ってるさ」

この町に住んでいてあの工場跡を知らない者はいないだろう。僕が上京した三年前には、工場はすでに打ち捨てられて廃墟と化していた。敷地は広大だから、マンションや、郊外型ショッピングセンターや、大型パチンコ店の業者に売却すれば相当な儲《もう》けが出るはずだった。ところが工場が廃業して何年も経つのに未だその気配はない。土地の所有者が偏屈な老婦人で、あの土地を売って欲しいとやって来る人たちを片っ端から追い返しているからだというのが、もっぱらの噂である。相手が気に入らなければいくら札束を積まれても首を縦に振らないらしい。

「ドッペルゲンガーは廃工場に入っていったんです」

「へえ、あの工場跡ねえ」

なるほど。いかにも魔物が棲みつきそうな場所ではある。

「僕はドッペルゲンガーの居場所を突き止めました。中島くんの呪いを解く方法も見つけました。協力してくれる仲間も集まりました。あとは工場に踏み込んで、ドッペルゲンガーを捕まえるだけです。でも僕たちだけじゃ、ちょっと不安なんです。誰か大人についてきてもらおうと思いました。だけど頼めそうな人がいなくて……」

たしかに、彼らの話に付き合おうという暇《ひま》な大人は滅多にいないだろう。

「そのとき、お祖母《ばあ》ちゃんが前に言っていたことを思い出したんです」

「お祖母ちゃん？」

「はい。僕のお祖母ちゃんは国府《こくふ》良子《りようこ》です」

「君は大家さんの孫だったのか」僕は驚いて水野くんの顔を見つめた。

国府さんはこのマンションのオーナーであり、今話に出た廃工場の地権者でもあった。

「はい。お祖母ちゃんは言ってました。うちのマンションに入居する学生は私が面接をして決める。だから全員が私のめがねに適《かな》った若者なんだって。それなら信用できると思いました。僕は学校の帰りにマンションに住んでいる人を観察して、佐倉さんに頼むことにしたんです」

「それで俺のところに来たわけか」

「駄目でしょうか？」水野くんがおずおずと訊ねる。

「そうだな……」僕は珈琲を啜りながら考えるふりをした。

もちろん、とっくに返事は決まっていた。なぜなら目の前の少年が本当はドッペルゲンガーなど信じていないことが明白だったからだ。それなのに初対面の僕を訪ねてきて、ドッペルゲンガー捜しに付き合えと言う。彼がいったい何を企んでいるのか、興味をそそられるではないか。

「面白そうな話じゃないか」僕は微笑《ほほえ》んで言った。「俺でよければ喜んで引き受けるよ」

「本当ですか」水野くんはほっとしたようだった。「よかった……」

「で、決行はいつにする？　あまり時間の余裕がないんだろう？」

「そうなんです」彼も真顔に戻って頷いた。「来週の水曜日はどうですか」

「いいよ」と僕は言った。「来週の水曜日だね」

4

翌日、ふと思いついて、廃工場を訪ねてみることにした。

記憶によれば、僕のマンションから歩いて十五分ほどの距離のはずだ。駅や繁華街とは逆の方角になるので、日頃そちらに足を向けることは滅多にない。一応、地図でざっとルートを確認し、夕刻になるのを待って部屋を出た。

車がひっきりなしに行き交う大通りを避けて、静かな住宅地の中を歩く。十分と経たないうちに、町の雰囲気がのんびりしたものに変わった。敷石を並べた小綺麗な舗道がいつしか途切れ、いい感じに古びたアスファルトになった。

次の角を曲がれば見えるはずだ。ひたいの汗を手の甲で拭《ぬぐ》い、四つ辻を曲がった瞬間、

「どこへ行くんだ、佐倉」

辺りの雰囲気に相応《ふさわ》しい、のどかな声が僕を呼んだ。

「お前こそ、何やってるんだよ」

僕は振り返って高瀬《たかせ》を眺めた。彼はくたびれた赤いTシャツにすり切れたジーンズ姿で、素

足にサンダル履きだった。

「決まってるだろう。ひと風呂浴びてきたんだ」

「シャワーが壊れたのか?」

「違うよ。最近、銭湯に凝《こ》ってるんだ」高瀬が洗い髪を搔き上げながら言った。「最近の俺の一押しは、ここだ」

高瀬があごで指した先で、暖簾《のれん》が気持ちよさそうに揺れていた。渋い色合いの茶色の布に、白く染め抜かれた〈湯屋　ささがき〉の文字。そして生け垣から笹が伸びている紋様が添えられていた。

「ふうん。良さそうな感じじゃないか」僕も昔ながらの銭湯が嫌いではない。

「実にいい。この町の宝だ」高瀬が大げさなことを言った。「電車に乗ってやって来る常連もいるくらいだからな」

「へえ」

「知ってるか。この銭湯は、ばあさんの経営なんだぜ」

「国府さんの?」

「そう。ばあさんがこの町のあちこちに所有している物件のひとつだ」

僕とは借りているマンションは別だが、高瀬も国府さんの面接を突破して市内の一等地に部屋を確保したくちだった。その大家をばあさん呼ばわりするのだから、我が友人ながら困った男である。

「そうだ。高瀬、このあとの予定は？」と僕は訊いた。

「いや、別にない。どこかで一杯やるだけだ」

「じゃあ、その前に、ちょっと廃工場に付き合ってくれないか」

「廃工場？　何だって、そんなところに」

「実は、今度の水曜日、子供たちと廃工場に棲んでいるドッペルゲンガーを捕まえに行くんだ。その下見をしておこうと思ってね」

僕はことの次第をかいつまんで高瀬に話して聞かせた。

「やれやれ。お前もお人好しだな」高瀬が呆《あき》れたように言った。「いい年をして少年探偵団ごっこか」

「一度やってみたかったんだよ。少年探偵団の冒険てやつを」

「まあ、廃工場に出没するドッペルゲンガーというシチュエーションには、興味を掻き立てられるけどさ」友人が言う。「だけど佐倉。そのガキども、何かを企んでいる気がするぜ」

「分かってる」と僕は答えた。

「それなのに、どうして引き受けたんだ」

決まってるだろ、子供たちの鼻を明かしてやるためさ——と言おうとして、僕は何だか照れくさくなった。

「前から一度、廃工場の中に入ってみたいと思っていたんだ」と僕は言った。「このチャンスを逃したら、そんな機会はもうないだろうからね」

「まったく物好きだな」

「それに」と僕は付け加えた。「子供たちだけで行かせて、怪我でもされたら困るじゃないか。彼らの安全のためさ。言うなれば俺は引率の教師ってところかな」

僕と高瀬は、むせ返るような熱気の中、廃工場の周りを歩いてみた。

敷地は巨大な長方形で、東西に二百メートル、南北に百五十メートルくらいだろうか。敷地の周囲は高さ三メートルを超える粗いセメント仕上げの塀で囲まれており、塀の上には有刺鉄線《ゆうしてっせん》が張り巡らされていた。

「だけど国府さんも太っ腹だよな」僕は言った。「こんな大きな土地をほったらかしにしておくなんて」

「権利関係が複雑に絡み合ってるんじゃないのか」高瀬が生臭いことを言った。「工場が廃業した経緯もちょっと不可解なものらしいからな」

「へえ。どうして知ってるんだ」

「噂を耳にしたんだ。もっとも近所の居酒屋で酔っぱらいから聞かされた話だが」そう断ってから高瀬は話してくれた。「ここは食品関係の会社だったそうだ。戦前に創業した古い会社で、なかなか業績は好調だった。そこで土地を貸していた国府家も株を買って経営に参加した――らしい。あくまでも伝聞だからな」

「分かってる。それで？」

「国府家が経営陣に加わって以降も業績は堅調だった。ところが、何かが起こった」

「何かって、何だよ？」

「分からない。ある日、突然、工場が閉鎖された。たしかなのは、それだけだ」

「ちょっと待てよ。売り上げは良かったんじゃないのか？」

「町の人はそう思っていたが、本当は資金繰りが苦しかったのかもしれない。廃業したのだから、皆が思うほど順調ではなかったんだろう」

「ふーん。そんなドラマが隠されていたのか」

などと話しているうちに、僕たちはもとのスタート地点に戻ってきた。

入り口は二ヶ所だった。ひとつはバス通りに面した巨大な鋼鉄製の正門だ。もちろん、この門を開けるのは無理だから、南東の角近くにある通用口を使うのだろう。

「きっと、その子、ばあさんの家から、廃工場の鍵をこっそり持ち出すつもりだぜ」高瀬がおかしそうに言った。「なかなか見所のある子じゃないか」

「そうだな」僕は頷いた。あの子を高瀬と引き合わせたら、けっこう気が合うかもしれない。

「そろそろ戻ろうか」と僕は高瀬に言った。「悪かったな。風呂上がりなのに、また汗をかかせてしまって」

「いいさ」高瀬が気のいい口調で言う。「ビールがおいしくなると思えば」

マンションの前まで戻ってきたとき、突然、僕たちの前に一人の少女が立ち塞がった。ランドセルを背負っているから下校途中なのだろう。きりりと跳ね上がった眉といい、不機嫌そうに引き結んだ口元といい、いかにも気の強そうな顔立ちだ。彼女はほとんど瞬《まばた》きもせずに、大きな瞳で僕たちを値踏みするように見つめた。

「おじさんたちの、どっちが佐倉さんなの？」

僕は思わず高瀬と顔を見合わせた。

「俺だけど」僕が答えると、少女は鋭い眼差《まなざ》しを僕に向けた。

「うちのクラスの男の子たちと、工場を探検するんでしょう？」

「君は、水野くんの知り合いかい？」

「来週の水曜日よね？」少女は僕の言葉を無視した。

「ああ、そうだよ」少し機嫌を損ねて僕は言った。

「やっぱり……」

「それが、どうかしたのかい」

少女はそれに答えず、

「片岡《かたおか》くんも一緒なんでしょう？」

「片岡くん？　さあ、水野くんの他に、誰が来るのかは聞いてないな」

「いいえ。片岡くんも来るはずよ」少女は再び僕を睨《にら》みつけた。「いい？　絶対に片岡くんから目を離さないで」

「どういう意味だい」

「約束よ」少女は命令するように言う。「頼んだからね」

少女はそれだけ言うと、くるりと背を向けて歩き出した。

「何だ、今のやりとりは？」

遠ざかっていく後ろ姿を眺めながら高瀬が不思議そうに訊いた。

「……いや、俺にもよく分からない」

「どうでもいいけど、俺たち、思い切りおじさん呼ばわりされてたな」

「そうだな」僕はため息をついた。「一気に歳をとった気分だよ」

5

約束の水曜日、僕はコンビニエンス・ストアで防虫スプレーと絆創膏《ばんそうこう》、それにペットボトルのジュースを買い込み、子供たちとの待ち合わせ場所に向かった。

工場跡に隣接した小さな公園に着くと、

「佐倉さん。こっちです」

水野くんが手を振った。僕も小さく手を挙げて応える。

「この人が佐倉さんだ」水野くんが仲間に言った。「今日一日、僕たちのリーダーになってくれる」

子供たちの視線が一斉に僕に注がれた。

「よろしくな」

「——ほら、みんなも自己紹介しろよ」

水野くんに促されて、一人ずつ照れくさそうに挨拶をよこしてきた。

物静かで大人びた雰囲気の槇原《まきはら》くん。ほっそりとした色白の片岡くん。サッカー部のエースだという長谷川くん。そして——。

この子が中島くんか。僕は小柄で眼鏡をかけた男の子を見つめた。なるほど、いかにもドッペルゲンガーに取り憑かれそうな、儚《はかな》げな雰囲気の少年だった。

「佐倉さん、これを見てもらえますか」

水野くんがポケットから小さなノートを取り出して広げた。

ノートには廃工場の見取り図が描かれていた。敷地は横長の長方形で示され、上辺の中央に正門が、右下の角近くに通用口が描き込まれている。水野くんは敷地の三分の一くらいを占める中央の大きな四角を指さし、

「これが工場です」と説明した。「学校の体育館よりも大きいんです。機械はすべて運び出されてゴミしか残っていません」

「そうか」と僕は頷く。「工場の周りにあるのは？」

「倉庫です」水野くんが答える。「一階建ての小さいものから、三階建ての大きなものまで、全部で五つあります」

「この正門近くにある建物は？」

「事務所です。三階建てで、たくさんの部屋があります」

「ドッペルゲンガーが、廃工場のどこに棲んでいるかは分からないんだね？」

「はい」と水野くんが頷く。「そこまでは分かりませんでした」

「これだけ建物が多いと、全部を調べるのは、かなり時間がかかりそうだな」

「そうなんです」水野くんが言った。「だから二人ずつチームになって捜したらどうでしょうか」

「なるほど……」遅くとも六時に切り上げるとすると、残り時間は二時間を切っている。手分けして探索しなければ建物すべてを廻ることは難しいだろう。しかし単独行動だと何かあったときに対処できない恐れがあった。水野くんが提案したように、二人ずつ三チームでの冒険がベストかもしれない。「いいよ。それでいこう」

水野くんはほっとしたようだった。「佐倉さんはケータイを持ってますか」

「持ってるよ」

「僕と長谷川もケータイを持ってるんです。この三人がそれぞれチームをつくることにしませんか」

「組み合わせは任せるよ」と僕は言った。

「それじゃ佐倉さんは片岡と組んでもらえますか」水野くんが言った。

「もちろん、いいよ」僕は片岡くんに頷いた。「よろしくな」

「はい」片岡くんも微笑みを返してきた。

「俺は中島と組むよ」長谷川くんが言った。

「そう言うと思った」水野くんは微笑しながら、「ハセと中島はこの中でいちばん仲がいいんです」と僕に説明した。

「じゃあ僕と水野がチームだね」槇原くんが穏やかに言った。

「よし、作戦開始だ」

水野くんの号令で子供たちが気負った顔で歩き出した。

——と、公園から道路に出たところで、

「痛てっ！」

中島くんが段差に躓《つまず》いて転倒した。

「いってー！」

大げさに顔をしかめると、中島くんは膝をさすった。膝小僧を擦りむいたらしい。彼の眼鏡が地面に転がっていた。

「大丈夫かい」僕は眼鏡を拾って中島くんに手渡した。

「はい。……大丈夫です」彼は顔をしかめながら起きあがった。膝頭が少し赤くなっていたが幸い血は出ていない。

「佐倉さん、こっちです」

水野くんは道路を渡り、通用口の前に立った。真鍮《しんちゅう》製の鍵を取り出して鍵穴に差し込んだ。

鈍い音とともにロックが解除された。

細めに開けたドアをすり抜けるようにして水野くんが中に入った。他の少年も彼のあとに続いた。僕は辺りを見渡して人影がないのを確かめると、素早く中に入ってドアを閉めた。水野くんがすぐに鍵をかけ直した。

塀の内側には荒涼とした風景が広がっていた。地面のアスファルトが無数にひび割れ、その隙間から背の高い雑草が競うように伸びて見渡す限りはびこっている。敷地の真ん中に聳《そび》え立っている巨大な工場も、煉瓦《れんが》造りの倉庫も、はるか遠くに見える事務棟も、雑草の海の中に浮かんでいるようだった。

草の上を渡ってくる熱い風に吹かれながら、僕たちは探索範囲を打ち合わせた。僕と片岡くんが工場を、水野くんと槙原くんが倉庫群を、そして長谷川くんと中島くんが事務棟を探索することに決まった。

「片岡、佐倉さんの足を引っ張るなよ」長谷川くんがからかうように言った。

「うるさいなあ、分かってるよ」片岡くんがぼそぼそと言い返す。

「佐倉さん、片岡をお願いします」水野くんが言った。

「了解。君も気をつけてな」

何かあれば携帯電話に連絡することを確認し、僕たちはそれぞれの目的地をめざした。

雑草の海に分け入ると、あっというまに他の子供たちの気配も話し声も消えてしまった。あとは僕と片岡くんが草の根を踏みしだく音と、荒い息づかいと、ときおり耳元を掠《かす》める蚊の羽音だけが、この世の唯一の音楽となった。

「片岡くん、あのさ」

僕は、黙々と俯《うつむ》き加減で歩いている少年に話しかけた。片岡くんが顔を上げて僕を見返す。

「この前、ポニーテールの可愛い女の子に話しかけられたんだ。心当たりはないかな？　ちょうど君たちくらいの歳だったけど」

片岡くんはすぐに思い当たったようだった。

「佐倉さん。その子、すっごく生意気じゃなかった？　まったく人の話を聞かないというか」

的確な描写に、僕は思わず笑い出してしまった。「そうだな。君の言う通りの子だったよ」

「じゃあ、間違いないです」片岡くんが頷いた。「佐倉さんが会ったのは、永井遙《ながいはるか》っていう僕たちの同級生です」

「永井さんか」と僕は言った。「もしかして、彼女、君のことが好きなんじゃないかな」

「ち、違いますよ」片岡くんは顔を赤らめた。「だって永井は——わっ！」

ふいに片岡くんが前につんのめった。草のツルに足を取られたのだ。僕はとっさに手を伸ばして彼の体を支えた。「おっと、大丈夫か」

「あー、びっくりした」片岡くんは目を丸くして、足元を見つめている。

それにしても今日は子供たちがよく転ぶ日だ。まさかドッペルゲンガーの呪いじゃあるまいな。

「ごめんな。変なことを言って」

僕のひとことが彼を狼狽《ろうばい》させてしまったのかもしれない。そう思って話題を変えようとすると、

「永井は、僕のことが嫌いなんだ」

ひとりごとのように、片岡くんが呟いた。

「へえ」予想外の言葉だった。「どうして?」

「もうすぐ、僕のお母さんと永井のお父さんが結婚するから……」

「よく分からないな。彼女はお父さんの結婚に反対しているのか?」

それで彼のことを嫌っているのだろうか。

「……そうじゃないけど」片岡くんがぼそぼそと呟いた。「僕がお父さんに会うのが気に入らないんだ」

「君のお父さんに?」

「そんなのおかしいでしょ?」片岡くんはまっすぐに僕を見た。「だってお母さんが結婚するまでは、永井のお父さんは僕のお父さんじゃないんだから、それまでは本当のお父さんに会ったっていいじゃないか」

「なるほど、そういうことか」

僕はそっと頷いた。片岡くんはまだ新しい父親を受け入れられずにいるのだ。片岡くんの両親がどういう理由で離婚したのかは分からないが、彼は今でも父親が大好きなのだ。その気持

ちはよく分かる。同時に永井遙の苛立ちも理解できる気がした。彼女だって本当の母親の方がいいはずだ。でも片岡くんのお母さんと仲良くなろうと努力しているのだろう。新しい家族をつくるために。現実的な永井遙には、片岡くんの態度がとても後ろ向きのものに思えるのかもしれない。

結局、「そうだな」としか僕は言えなかった。何の慰めにもならない答えだったが、僕に話すことで気が済んだのか、片岡くんはさっぱりした表情になった。

「佐倉さんは、空手とか柔道とか、やってるんですか」

僕はほっとして軽口を叩いた。

「いや。子供の頃にカンフー映画を見て、真似したことはあるけどね」

「じゃあドッペルゲンガーが襲ってきたら、どうするの?」

「ジャンケンで紳士的に勝敗を決めるってのはどうだ」

「負けた方は、廃工場から立ち去れって?」

「そうそう。平和でいいだろ」

「でも、ドッペルゲンガーは紳士的じゃないよ、きっと」

「そうだな。そこが問題だ」

暢気《のんき》な会話を交わしながら、僕たちは工場の大扉の前までやって来た。

扉を開けると、向こう側には湿り気を感じさせる灰色の空間が広がっていた。

「さあ、着いたぜ」僕は片岡くんに言った。「ドッペルゲンガーと対決する覚悟はできてるかい？」

片岡くんがこくりと頷く。

「そうか。じゃあ行こう」

僕と片岡くんはゆっくりと工場に踏み込んだ。入り口近くで立ち止まって暗がりに目が慣れるのを待つ。ホームレスや野良犬が入り込んでいることを警戒したのだ。

幸い、それらしき気配はなかった。工場内は体育館のように区切りのないがらんとした空間だったが、廃材があちこちに積み上げられていて、意外に見通しがきかなかった。

「まいったな。これじゃいくら捜し回っても、相手に死角から死角へ移動されたらお手上げだ」

「二手に分かれて挟み撃ちにすれば？」片岡くんが提案した。

「いや、それよりもいい考えがある。ほら、奥の壁を見て」

僕は壁に造りつけになった階段を指さした。鉄製の無骨な階段が折れ曲がりながら、天井近くまで続いているのだ。

「あの階段を上るの？」

「そう、一人が階段のてっぺんに行く。もう一人はここに残る。そうすると両方向から工場の全体をチェックできるだろう。そうすれば——」

「そっか。ドッペルゲンガーが隠れる死角がなくなるよね」

「そういうこと」と僕は言った。「俺が階段を上るよ」

まさか崩落の危険はないだろうが、念のためだ。僕は片岡くんを入り口のところに待たせて階段を上がっていった。

そのとき僕の携帯電話が鳴り始めた。水野くんからだった。

「佐倉さん、大変です」

「どうした、ドッペルゲンガーでも出たのか」僕は冗談のつもりだったのだが、

「……出ました」水野くんは真剣そのものだった。

「出たって、ドッペルゲンガーが？」

「はい。しかも、中島がさらわれました」

「さらわれた？」僕は思わず聞き返した。「いったい誰に？」

「もちろんドッペルゲンガーです！」水野くんの声が苛立った。「すぐに事務棟まで来てください」

僕と片岡くんは、無限に思える雑草の群れを掻き分けながら事務棟へと急いだ。むき出しの両腕が草に擦れてひりひりと痛む。ようやく草地が途切れて、事務棟の全景とその前に佇《たたず》む水野くんと槙原くんの姿が目に入った。

「長谷川くんと中島くんが事務所に向かって歩いていると、突然、目の前にもう一人の中島くんが現れたんです」水野くんが説明した。「どうしてお前がここにいるんだって訊いたら、急に襲いかかってきたんです。そして中島くんを片手で抱き上げて事務所に逃げ込みました。そ

いつは中島くんじゃなくて、ドッペルゲンガーだったんです」

「長谷川くんは？」

「ドッペルゲンガーを追って中に入っていっちゃった」槇原くんが言った。「佐倉さんが来るまで待つように言ったんだけど、待ちきれないって言って……」

「どうしよう、佐倉さん」水野くんが心細げに僕を見た。

僕はさり気なく少年たちの表情を観察した。みんな緊張しているようだったが、困惑したり、途方に暮れている顔はなかった。中島くんが連れ去られたのは不測の事態ではなく、計画のうちなのだ。

「二人を捜しに行ってくるよ」僕は子供たちに言った。この状況なら、そういう展開になるはずだ。「君たちはここにいるんだ。そして何かあったら俺に構わず逃げること。いいね？」

6

僕は玄関のドアを開け、黴臭《かび》いロビーに足を踏み入れた。

中島くんがドッペルゲンガーにさらわれ、それを追いかけて長谷川くんも事務棟に飛び込んだ。それはおそらく二人が事務棟に入るための口実だ。理由は言うまでもない。先回りして僕を待ち受けるためだ。

彼らは何を企んでいるのだろう。ふいに物陰から襲いかかってくるのか？　それとも罠でもしかけてあるのだろうか。

薄暗いロビーの真ん中に立って耳を澄ましてみた。何の物音も聞こえない。一部屋ずつ探索していくよりなさそうだ。

玄関脇の受付ブースから始め、事務室、応接室と調べていった。どの部屋も什器の類は残らず運び出されているのだが、不思議と何の部屋として使われていたのか想像がついた。給湯室、食堂、トイレも念入りに見て回った。

ときどき窓から外を覗いて子供たちの姿を確認した。水野くんも槇原くんも片岡くんも玄関前に固まって立っていた。誰かがいなくなることもなかったし、逆に中島くんや長谷川くんが合流することもなかった。

結局、一階では何も起こらなかった。まあ、それは予想していたことだ。何かあるとすれば普通は三階、あるいは僕の裏をかいて二階だろう。

ひたいの汗を拭い、ロビー脇の階段を上がった。

慎重に探索したが、二階にも彼らはいなかった。五分と経たずに外を見たが、表で待つ子供たちの様子にも変わりはない。

僕は気分転換に窓を開けて子供たちに声をかけた。

「佐倉さん、見つかりましたか？」水野くんが両手を口に当てて訊いた。

「これまでのところは異状なしだ。これから三階に向かうよ」

「がんばってください！」子供たちが一斉に僕に向かって手を振った。

窓を閉め、指についた埃を払いながら、僕はふと妙な気分になった。

もしかすると、僕は大きな勘違いをしているのではないだろうか。

僕の役割は、ドッペルゲンガーに連れ去られた中島くんと、彼を追って事務棟に乗り込んだ長谷川くんを無事に連れ戻すことだ。それは構わない。楽しいと言えなくもない。中島くんと長谷川くんの役割も分かる。では、残りの三人は？　水野くんたちの役割はいったい何なのだろうか……。外にぼんやりと立っているだけだ。役割を果たしているとはとても思えなかった。少なくとも遊んでいるようには見えない。

……これは本当に遊びなのか。

今僕が演じているのは、子供たちが廃工場という密室の中につくりあげた架空のお芝居だ。仮に廃工場の外から、この密室の内部を眺めたらどうだろう。僕が五人の子供を誘拐して廃工場に立てこもっている——そう見えはしないだろうか。いや、むしろそれが自然だ。子供たち以外の誰がドッペルゲンガーが犯人だと考えるものか。良識ある大人なら誰だって、僕が誘拐犯だと思うはずだ。

だから僕が必要だったのだ。犯人役として！

だが、この話を持ちかけてきたのは水野くんだ。いくら何でも彼が本物の犯罪を企むとは思えない。おそらく黒幕がいるのだ。子供たちには〈ドッペルゲンガー捜し〉だと思わせておき、その裏で巧妙な犯罪計画を進行させている人物が——。

黒幕は僕たちが廃工場に入ったのを見届けると、国府さんに電話をかけて水野くんの身代金を要求する。そしてさっさと金を受け取って逃げてしまう。そうとは知らずに家に帰ると、僕は誘拐犯として逮捕されるというわけだ。もちろん、すぐに冤罪《えんざい》だと判明するだろう。しかし、そのときには犯人は悠々と国外に脱出を果たしている……。

あまりに荒唐無稽な想像に思わず吹き出してしまった。なかなか見事な計画だ。この想像が当たっているかどうか、国府さんに電話をすれば明らかになるだろう。ただし、その場合に国府さんから説教をくらうのは、水野くんではなく僕に違いない。何しろ僕はここにいる唯一の大人なのだ。

「大人になるのも、辛いもんだな……」クスクス笑っていると、天井がみしりと軋《きし》んだ。

僕ははっとして天井を見上げた。この上の部屋に誰かいるのだ。

僕は足音を忍ばせて三階に上がり、ここだとあたりをつけた部屋の前に立った。ドアに顔を近づけて室内の気配を探る。何かが床に擦れる微かな物音が聞こえた。そっとドアのノブを廻してみた。鍵がかかっている。

「誰かいるのか?」

僕が呼びかけると、物音がぴたりと止んだ。

「……佐倉さん?」

「その声は、長谷川くんだね。中島くんもそこにいるのか?」

「はい。中島も一緒です」長谷川くんが答える。

「そうか……」意外だった。一瞬、どう対処すべきか迷う。「このドアを開けてくれるかな」

「それがダメなんです……。僕も中島も動けません」

「動けない？」僕はどきりとした。「怪我をしているのか？」

「ドッペルゲンガーに手足を縛られたんです」長谷川くんが言った。

「すると」僕はゆっくりと訊いた。「ドッペルゲンガーは君たちのそばにいるのか」

「いえ、ここにはいません」長谷川くんが説明した。「僕たちを縛ると、他の子供たちも捕まえてやる、と言って部屋を出て行ったんです」

「他の子供たち？」まさかと思いつつ、窓から下を見た。心臓が跳ね上がった。「――あいつら。どこへいったんだ？」

さっきまでいたはずの場所に、三人の姿はなかった。

「……嘘だろ。勘弁してくれよ」

ふいにポケットの携帯電話が鳴り出した。どきりとして発信者を確認する。水野くんだった。

電話が繋がった瞬間、轟音のような呼吸が聞こえてきた。

「……佐倉さん。すぐ……こっちへ、来て……ください」水野くんが激しく喘《あえ》ぎながら言った。

「どうしたんだ？」

「……ドッペル……ゲンガーを、……追いかけて、るんです」

「何だって？」

僕は近くの窓に駆け寄った。

窓の下には一面に緑の海が広がっている。その海の中を子供たちが駆け抜けていくのが見えた。先頭を走るのはドッペルゲンガーだった。胸から上を海面に出し、後ろを振り返りつつ、右へ左へ向きを変えた。追いかける水野くん、槇原くん、片岡くんも慌てて進路を変える。そのたびに、少しずつ追う者と追われる者の距離が広がっていった。

「……佐倉、さん！」電話の向こうで水野くんが叫んだ。「この、ままじゃ……逃げ、られ、て……しまう。早く……来て」

「分かった。俺が行くまで逃がすんじゃないぞ」

僕は部屋の前に戻ると長谷川くんに声をかけた。

「ドッペルゲンガーを捕まえてくるよ」

返事を待たずに廊下を走り、階段を駆け下りた。

事務棟を飛び出し、遠くに見える子供たちの後ろ姿を目がけてひたすら走った。

「槇原くん！」僕は叫んだ。「俺が左から回り込む。君は水野くんと右へ行け」

槇原くんが頷き、水野くんのさらに外側へ出た。

「片岡くんは、俺と水野くんのあいだのスペースを塞ぐんだ」

はい、と悲鳴のような声を出して、片岡くんが軌道を修正する。

左へ逃げようとしていたドッペルゲンガーは僕の姿をちらりと見ると、方向転換して右へ向かおうとしたが、その先には一足早く槇原くんが到達していた。

ドッペルゲンガーは再び進路を変えて、真っ直ぐに逃げ出した。有刺鉄線を張り巡らせた壁がぐんぐん近づいてくる。行き場を失ったドッペルゲンガーは、壁に背中を張りつけて僕たちに向き直った。数メートルの距離を置いて僕たちはドッペルゲンガーと睨み合った。

ドッペルゲンガーも僕たちも、激しく胸を喘がせ、しばらくはしゃべることができなかった。しかし、どうやら勝負はついたようだ。

「さて、と」僕はようやく言った。「涙を、いただくとしようか」

「そう……ですね」水野くんが水筒を構えた。「いただき、ましょう」

僕たちは壁際のドッペルゲンガーを包囲しながら、じりじりと近寄っていった。

そのとき、予想外のことが起こった。ドッペルゲンガーがふいに身を沈めたのだ。水の中に潜ったように、ドッペルゲンガーは姿を消した。

「あっ」子供たちが小さく叫んだ。数瞬その場に立ち尽くしてから、ようやく我に返ったようにドッペルゲンガーがいた場所に駆け寄った。もちろん、そこには誰もいなかった。彼は草の海に身を潜めたまま、僕たちのあいだをすり抜けて逃げ去ってしまったらしい。

僕たちは絶好の、そして唯一のチャンスをふいにしてしまったのだ。

それでも子供たちは諦めきれない様子で、辺りの草を掻き分けていた。僕も周囲に目を配りつつドッペルゲンガーの姿を捜したが、風で絶え間なく草が揺らいでいるので、彼が逃げていった方角さえ見当もつかなかった。

「……逃げられたか」僕は捜すのを止め、腰に手を当てて空を仰いだ。やや霞《かす》んだような夏の青空が僕を見下ろしていた。

「佐倉さん」水野くんが小さな声で僕を呼んだ。「ほら、あそこ……」

水野くんが指さす先を見ると、雑草の海をくぐり抜けたドッペルゲンガーが、事務棟の玄関に辿《たど》り着いたところだった。ドッペルゲンガーはドアのノブに手をかけてこちらを振り返った。彼はちょっとのあいだ僕たちを見つめてから、悠々とした足取りで事務棟に入っていった。

「……まずい」槇原くんが呟いた。「あいつ、中島のところに行くつもりだ」

「行こう。止めるんだ」水野くんが走り出した。

他の子供たちも走り出す。その途端、すぐ前を走っていた片岡くんが派手に転んでしまった。僕は片岡くんが立ち上がるのに手を貸し、一緒に事務棟に向かった。

少し遅れて事務棟に飛び込むと、誰かがロビーの中央に倒れていて、水野くんと槇原くんが、そばに屈み込んでいるのが見えた。

倒れていたのは長谷川くんと中島くんだった。二人はまだ驚きが醒《さ》めないという風に、目を丸くしたままゆっくりと起き上がった。

「何があったんだ?」水野くんが穏やかに長谷川くんに訊いた。

「やっとロープがほどけたから、中島と部屋を出たんだ。水野に合流しようと思って」長谷川くんが説明した。「それで階段を下りてきたら、誰かがロビーに入ってきた。踊り場のところからそっと下をのぞいたらドッペルゲンガーだったんだ。そうだろ?」

「うん」と中島くんが頷いた。

「ドッペルゲンガーは、まだ俺たちが部屋にいると思ってるみたいだった」長谷川くんが言った。「だから小声で中島に言ったんだ。ここで待ち伏せよう。俺が捕まえるから、お前は影を踏めって」

「怖かったけど」と中島くんが言った。「長谷川くんが一緒だから大丈夫だと思ったよ」

「思った通り、ドッペルゲンガーが階段を上ってきたから、飛びかかってやった」長谷川くんが身振りを交えながら説明した。「そしたら、足を踏み外してそのまま階段を転がり落ちちゃって」

「階段の下まで落ちたのか?」僕は驚いて訊いた。

「うん」得意そうに長谷川くんが言った。「すごく痛かったけど、放さなかったよ。ドッペルゲンガーにぎゅってしがみついたまま、中島に早く来いって言ったんだ」

「だから僕は階段を下りて」中島くんが言った。「ドッペルゲンガーの影を踏んだ」

「それで、どうなったんだ?」槇原くんが訊いた。「ドッペルゲンガーの涙に触れたのか?」

中島くんはにっこりと笑った。「触れたよ」

「ほら、見ろよ。こいつの頭」長谷川くんが中島くんの髪をくしゃくしゃと掻き乱した。「ドッペルゲンガーの涙を浴びて、こうなったんだ」

彼の言葉で、僕は初めて中島くんの髪が濡れているのに気がついた。

「それじゃ」水野くんが慎重な口ぶりで確認した。「呪いは解けたんだね」

「解けたよ」中島くんが笑顔で答えた。「すごく体が軽いもん」

「ドッペルゲンガーは、どこへ行ったんだ？」槇原くんが訊いた。

「消えちゃった」と長谷川くんが言った。「たぶん、もう二度と出てこないよ」

「やったじゃん！」子供たちは抱き合って喜んだ。

水野くんが僕のところにやって来た。「佐倉さん、ありがとうございました」

「俺も楽しかったよ」子供たちの嬉しそうな様子を見ながら、僕は彼らを疑ったことを恥じた。誘拐事件など存在しなかった。彼らはただ、廃工場で遊びたかっただけなのだ。

「ドッペルゲンガー退治は、成功したようだね」僕は言った。

「はい」水野くんは澄んだ眼で僕を見上げた。「佐倉さんのおかげです」

とうとう子供たちの企みを見抜くことはできなかったが、水野くんの晴れやかな顔を眺めているうちに、まあいいか、という気分になってきた。

「そいつは良かった。じゃあ、帰るとするか」

7

駅前のATMで家賃を下ろし、舗道を歩き始めたところで、再びこの前の少女が僕の前に現れた。

「やあ、こんにちは」

また会ったね、と僕は笑いかけたが、永井遙はにこりともしなかった。

「おじ——」おじさん、と言いかけて彼女は訂正した。「佐倉さん。約束は守ってくれたよね」

「約束？　ああ、そうか。片岡くんのことを、よく見ていて欲しいって言ってたね」

決まってるでしょう、という表情で少女は頷いた。

「君はもしかして」僕は訊いた。「片岡くんの身に何かが起こると予想していたのか？」

「男の子たちが、何かを企んでいるのは知ってたわ」永井遙は答えた。

「それは君の思い過ごしだよ」僕は言った。「みんなで楽しく〈ドッペルゲンガー捜し〉をやっただけさ」

「佐倉さんが、気づかなかっただけよ」彼女は馬鹿にしたように言った。「でも私はだまされないから。水野くんが考えることくらい、すぐに見破ってみせる」

僕はそっと肩をすくめた。どうやら永井遙は何か勘違いをしているらしい。考えてみれば、彼女の思わせぶりな台詞に引きずられて、僕まで取り越し苦労をしてしまったのだ。馬鹿馬鹿しいとは思うが、成り行き上、僕がこの少女の思い違いを正さなければならないだろう。

「分かったよ」と僕は言った。「君がそれほど知りたいのなら、話してあげるよ」

「ちょっと、どこへ行くの？」

先に立って歩き出した僕を、少女は怪訝《けげん》そうに呼び止めた。

「もちろん喫茶店だよ。こんな炎天下で話し込んでいたら倒れちまうだろ」

「駄目よ。知らない人についていかないようにって、お父さんに言われてるの」

「……なるほど」最初に話しかけてきたのは君だぞ、という言葉を呑み込んで僕は周囲を見回した。「じゃあ、あの木陰のベンチで話そうか」

僕はベンチに腰を下ろし、少女に求められるまま、〈ドッペルゲンガー捜し〉の冒険譚を詳しく話して聞かせた。

永井遙は僕の話に耳を傾けるうちに意外そうな顔になった。

「誘拐されたのは、本当に中島くんだったの？」

「そうだよ。片岡くんはずっとみんなと一緒だったから安心するといい」

「どうして私が片岡くんの心配をしなきゃいけないのよ！」永井遙が僕をきっと睨みつけた。

「で、どうだった？」僕は優しく訊ねた。「あの子たちの企みが何だったのか、分かったかい？」

永井遙は悔しそうに黙った。それでも簡単にギブアップせず、じっと考え込んでいる。だが、いくら彼女が聡明でも、存在しない謎を解くことはできない。とうとう彼女はかんしゃくを起こしたように立ち上がると、ぷいと横を向いた。

「もう、いいわ。私帰る」

永井遙は、そう言い捨てて足早に歩き出した。

「見事にふられたようね、佐倉くん」

振り向くと、蓬莱さんが、こんなところで会うなんて本当に奇遇ね、と言いたげな表情で立っていた。

「いつからそこにいたんだ?」僕は軽い眩暈《めまい》を覚えた。この暑さのせいだろうか、それとも——。

「立ち聞きするつもりはなかったんだけど」蓬莱さんが微笑む。「佐倉くんを見かけて声をかけようとしたら、あの女の子に先を越されたから、つい——」

「俺たちの話を聞いていたってわけか」僕はため息が出た。

「心ならずも、ね」

どうだか、怪しいものである。

「ま、いいや。蓬莱さんもこれから家賃を届けに行くんだろ? 俺もそうなんだ。あとで冷たいものでも飲もう」

毎月、店子《たなこ》自ら大家さんのところに出向いて家賃を納めること。僕も蓬莱さんも、そういう条件で部屋を借りているのだ。

「良かったら、先に珈琲を飲んでいかない?」歩き出そうとする僕を、蓬莱さんが呼び止めた。

「別にいいけど、どうして?」

「きっと」蓬莱さんは上機嫌で言った。「佐倉くんも早く知りたいだろうと思うから」

「何を?」

「水野くんて子の、本当の目的は何だったのかってこと」

小さなカフェで珈琲を飲みながら、水野くんとの最初のやりとりなどを補足説明した。蓬莱さんは、ふむふむと頷きながら聞いている。

「さっき佐倉くんと永井さんの会話を聞いていて、最初に思ったのは、二人の立場が似ているってことなの」

「似ている？」

「二人とも、男の子たちが何かを隠してると思ってたでしょう」

「なるほど」と僕は頷いた。たしかにそうだ。

「違うのは、佐倉くんは水野くんに招かれて〈ドッペルゲンガー捜し〉に参加できたけど、永井さんはそうじゃなかったってこと」

蓬莱さんは珈琲をひとくち飲むと、話を続けた。

「永井さんは、彼女なりの理由で、水野くんの企みが何かを知りたかった。でも本人に訊ねても教えてもらえないと分かっていた。だから佐倉くんに話を聞いて見破ってやろうと考えた」

「まあ、そんなところだろうね」

「永井さんは、佐倉くんと最初に会ったとき、片岡くんから目を離さないようにアドバイスした。つまり彼女は、企みを解き明かす鍵は片岡くんにあると考えてたのよ」

「俺もそう思う」

「だけど佐倉くんから〈ドッペルゲンガー捜し〉の詳細を聞いても、永井さんは期待した答えを得ることができなかった」

「あの子、ずいぶんがっかりしてたよ」

「念のために訊くけど、佐倉くんは〈ドッペルゲンガー捜し〉の一部始終を永井さんに語って聞かせたんでしょう?」

「もちろん」と僕は言った。「何も付け加えなかったし、何も省略しなかった。自分の見たままをちゃんと彼女に伝えたよ」

蓬莱さんは、僕の言葉に満足したようだった。

「子供たちが廃工場を選んだのは、舞台を密室にするため、言い換えれば〈ドッペルゲンガー捜し〉を他人には見られないようにするためよね。それなのに、どうして佐倉くんを誘ったのかな」

「水野くんは、大人に加わって欲しかったからだと言ってたけど……」

「それじゃ、なぜ永井さんは佐倉くんに会いに来たの?」蓬莱さんが言った。「男の子が秘密裏に計画を進めれば、永井さんは〈ドッペルゲンガー捜し〉も、佐倉くんの参加も知ることはできなかった。でも彼女は知っていた」

「そういえば」指摘されて初めて気がついた。「……変だな」

「その答えはひとつしかないわ。水野くんがリークしたのよ」

「水野くんが?　どうして?」

「〈ドッペルゲンガー捜し〉は子供たちのお芝居だったってこと」と蓬莱さんが言った。「たったひとりの観客である佐倉くんのための」

「それじゃ」僕は驚いて訊いた。「俺に見せるために、あの子たちは最初から最後まで芝居を演じていたというのか」

「そうよ」

「何のために？」

「佐倉くんの口から」蓬莱さんは静かに言った。「永井さんに、芝居の内容をレポートしてもらうためよ」

8

「男の子たちの意図を要約すると」蓬莱さんが言う。「廃工場の中で進行しているできごとを永井遙に見せたくなかった。だけど、それを間接的に彼女に知ってもらいたかった。となれば内容を彼女に伝える人間が必要になる。伝令役は子供たちと無関係であることが望ましいし、永井遙に気に入られそうな相手でなければならなかった」

「それが俺だったと？」

「そうよ。でも最大の理由は、佐倉くんが妖怪の類にまったく興味がない人間だったからだと思う」

「興味があると、まずいわけでもあるのか？」

「大ありよ。だって水野くんが話したドッペルゲンガーの伝説は大嘘だから」

「あれは嘘だったのか?」僕は呆気にとられた。またもや初耳である。

「ドッペルゲンガーの影を踏んだら動けなくなるとか、涙に触れば呪いが解けるとか、そんな話は根も葉もないデタラメよ。だけどトリックを成立させるために、どうしてもその設定が必要だった」

「あの子たち、何をしようとしていたんだ?」

「片岡くんが佐倉くんに匂わせた通りよ。永井さんに知られないように片岡くんをお父さんに会わせること。それが男の子たちの本当の目的だったの」

「それだけのために、こんな面倒くさいことをしたのか」

「永井さんに内緒で会わせるだけなら簡単だけど」蓬莱さんが言った。「それだと彼女の心に疑惑が残ってしまう。だから水野くんは彼女の疑いをあえて掻き立てておいて、それを打ち消すことにした。もうすぐ家族になるふたりへの、水野くんなりの配慮じゃないかな」

「じゃあ、片岡くんが俺に真相の一端を話したのも……?」

「佐倉くんが水野くんを一目で気に入ったように、きっと彼も佐倉くんのことが気に入ったのよ。佐倉くんを最後まで騙したままでいることが躊躇《ためら》われたのかも。だから片岡くんの口から手がかりを伝えることにした」

蓬莱さんは言葉を切ると、そっと微笑した。

「彼は本当は、片岡くんじゃないんだけどね」

「えっ?」僕は思わず訊き返した。

「佐倉くんが、長谷川くんと中島くんが閉じ込められた部屋を見つけたとき、どうして長谷川くんとしか話せなかったと思ってるの？」

僕ははっとした。「彼は中島くんじゃなかったのか」

「中島くんと片岡くんが、どうして何度も転んでしまったのか。考えてみたんだけど」

蓬莱さんは眼鏡を外すと、テーブルの上に置いた。

「私が眼鏡なしで雑草の中を歩けば、きっと中島くんのように転んじゃうでしょうね」

「片岡くんは眼鏡をかけていたぜ」

「じゃあ、こうすれば？」

蓬莱さんが眼鏡を取り上げて、さっと僕の顔にかけた。

「わっ」僕は腰を浮かしかけて、思わずふらついてしまった。

「近眼の中島くんは眼鏡を外し、逆に目のいい片岡くんは必要もないのに眼鏡をかけていた。だから二人ともうまく歩けなかったのよ」

「なぜ、そんなことを……？」

「片岡くんを中島くんに変装させるためよ。大人なら片岡くんのために新しい眼鏡を用意すればいい。でも小学生だからお金がない。五人の中で眼鏡をかけているのは中島くんだけ。彼は自分の眼鏡を片岡くんに提供するしかなかったのよ」

僕と一緒にいたのは中島くんだったのだ。

「佐倉くんと別れてすぐ、片岡くんは廃工場を抜け出してお父さんに会いに行った。長谷川くんは事務棟の一室に閉じこもって、中島くんがそばにいるという演技をした。すべては片岡くんのアリバイをつくるためだったのよ」

「なるほど。俺を騙せば、永井遙も騙せるわけだ」

僕はすっかり寛いだ気分で珈琲を飲んだ。少年達の企みを見破ってやるつもりが、彼らの方が一枚も二枚も上手だったというわけだ。

「じゃあ最後の謎。片岡くんはどこでお父さんに会ったのか」

「ふむ」僕は考え込んだ。「工場跡の近くで、親子水入らずで語り合えて、永井遙には絶対に見つからない場所。そして髪が濡れる場所といえば――」

「もう分かったみたいね」

「――風呂屋の男湯、だ」

「そう。湯屋『ささがき』よ。だから片岡くんの髪は濡れていた。それを誤魔化すために、水野くんはドッペルゲンガーの伝説をでっちあげたのね」

僕たちはしばらく黙って珈琲を味わっていたが、ふいに「あ、忘れてた」と蓬萊さんが声を上げた。「大家さんに家賃を届けに行く途中だったんだ」

僕もすっかり忘れていた。

レジでお金を払って外に出たとき、僕はふと妙なことを考えた。

「この計画、本当に水野くん一人で考えたのかな」

「えっ？」

「あるいは彼は、誰か信頼できる大人に相談したのかもしれない」

「その人が考えたというの？」

「あり得るんじゃないか。なにしろ水野くんの祖母は――」

「――国府さん、か」

僕たちは顔を見合わせる。そして頷き合った。あの変わり者だが、茶目《ちゃめ》っ気《け》のある老婦人なら、孫の相談に応えて、この程度のアイディアくらいたちまち考えつきそうだった。

国府さんの家は旧家だけあって町の中心にあった。大通りから少し離れただけで不思議な静寂が訪れる。その静寂に相応しい、古い大きな木造の平屋建てだ。

いつものように大家さんに家賃を手渡し、勧められてお茶を頂く。

「そういえば、僕の友人が最近、銭湯に凝っていまして」しばらく雑談を交わしたあとで、僕は切り出した。

「あら。珍しいわね。若いのに」歯切れの良い口調で国府さんが言う。

「彼が『ささがき』に通ってるんですよ。たしか国府さんの経営ですよね」

「よく知ってるわね。祖父が明治の末に開業した店なのよ」

「良い店だと友人が言ってました。常連さんも多くて、わざわざ電車に乗って通っている人もいるとか」

「本当にありがたいわね」国府さんはにっこり笑ってお茶を飲む。

「常連の一人に片岡さんという人がいるんですが、最近いいことがあったみたいで」

「あら、そうなの」

「事情があって離れて暮らしている息子さんと、『ささがき』で偶然に会えたらしいんです」

「まあ、そうなの」

「その息子さんは、由起夫くんの友達だとか」

国府さんは、一瞬、僕に鋭い視線を向けた。だが、すぐに穏和な眼差しに戻った。

「あら、そうなの」

葡萄荘のミラージュ　I

1

「海を見下ろす山の上に、もうすぐ手放す予定の別荘があるんだ。ちょっと古いけど、なかなか雰囲気のいい建物だから泊まりに来ないか」

帰省中の峰原《みねはら》から電話がかかってきたのは、凍えるような風が吹く十二月半ばの深夜だった。僕は炬燵《こたつ》にもぐりこんでアルバイト求人誌を眺めていた。年末ぎりぎりまで東京に残って、もう一稼ぎしようと考えていたのだ。

「別荘だって?」

「家の者は〈葡萄荘《ぶどうそう》〉と呼んでいるんだけどね」

友人はこともなげに答えた。僕は、彼の実家が北陸では名の知れた素封家《そほうか》であることを思い出した。

「もともとは別荘じゃなくて、外国からのお客にプレゼントするために建てたものなんだ。当時この辺りには気の利いたホテルがなかったからね。だから外観も内装も凝《こ》っているし、居心地の良さは保証する。週末に予定がないのなら、こっちでのんびりすればいい」

そのひとことで、アルバイトという選択肢は、波に洗われたように消えていった。

「面白そうだな」と僕は言った。つい声が弾んでしまったが、なに、構うものか。

「葡萄荘を建てたのは、僕の高祖父にあたる幸吉《こうきち》という人だ。明治三十年代の話だよ」

「そのときの建物が今でも現役なのか」僕は呆《あき》れた。優に百年以上も昔じゃないか。「大丈夫なのか？　隙間風がひどくて、一晩中眠れないなんてごめんだぜ」

「たしかに古いけど心配には及ばない」峰原が電話の向こうで愉快そうに言った。「貿易業で財を成した幸吉ジイサマが、金に糸目をつけずに造らせたものだからね。本格的な石造りの洋館で、頑丈すぎて取り壊すのを諦めたくらいだ」

それなら朝までベッドの中で震えて過ごす心配はなさそうだ。

「近くに遊ぶところはないけど、ちょっとした趣向を考えてるから、退屈はしないと思う」

「へえ。何だよ、趣向って？」

峰原が囁くように言った。「宝捜しさ」

「それは素敵だ」僕は携帯電話を耳に当てたままキッチンへ行き、ポットの珈琲《コーヒー》をマグカップに注いだ。そしてひとくち啜《すす》る。「葡萄荘のどこかに隠されている財宝を首尾良く見つければ、俺たちは大金持ちだな」

「全然信じてないだろ、佐倉《さくら》」峰原が愉快そうに言う。

「そういうわけじゃないが——ひとつ訊いてもいいか」

「もちろん」

「葡萄荘に財宝を隠したのは、当然、その幸吉という人なんだろう？」

「僕はそう確信しているけど」

「それは、みんなが知ってることなのか？　つまり、峰原家の人間なら誰でも」

「知ってるよ。ただし峰原家に代々伝わる噂としてだけど。というのはジイサマがはっきりとそう言ったわけじゃないからね。だから信じている人もいるし、信じていない人もいる」

「これまで葡萄荘の財宝を捜した人はいなかったのか？」

「たぶん、いなかっただろうね」

「どうして？」

「幸吉ジイサマが遺言で禁じたからさ」

「遺言？」

「そう。ジイサマは死ぬ前に一族全員を枕元に呼んでこう言い渡したんだ。葡萄荘を我が終生の恩人であるローランド卿に譲る。卿もしくは卿の後継者が当家を訪れたら、すみやかに葡萄荘を引き渡すこと。それまでは峰原家の当主が葡萄荘の維持、管理を行うように——と」

「ふうん」

「それだけなら、どうってことない話だけど、ジイサマは続けてこう言った。ローランド卿に引き渡すまで、葡萄荘に一切手を加えてはならぬ。外観、内装、調度品に至るまですべてだ。もし当主がこの義務を怠ったときは、峰原家の資産に関するあらゆる権利は本家から分家に移行するものとする」

「本当にそんなことを言ったのか？」僕は驚いて訊き返した。「たかが、それだけのことで、本家の権限を取り上げて分家に与えてしまうなんて……」

「呆れるのはまだ早い。ジイサマはこの遺言に期限を定めたんだが、何年だと思う？　驚くなかれ、百五十年だ」

「百五十年だって？　まさか。信じられない」

「ところが優秀な弁護士の手にかかればそいつが可能なんだ。おかげで僕たちは未だにジイサマの手のひらから逃げることができずにいる」

「それなのに葡萄荘を手放して大丈夫なのか？」僕は他人事ながら心配になった。「遺言に背いたら財産権を持っていかれてしまうんだろう？」

「幸か不幸かその心配がなくなったのさ。昨年からの不景気のせいで」と峰原が言った。「世間では百年に一度の不況だと言われているけど、本当かもしれない。峰原貿易も創業以来、初めて屋台骨が揺らいでいる。不採算部門からは撤退したし、従業員のリストラもした。それでも相当に厳しい状況だ。もう葡萄荘を維持するだけの余裕がうちにはないんだ」

「そういうことか……」本物の古い洋館を維持するのに並々ならぬお金が必要だということは僕にも想像がつく。しかも葡萄荘自体は何の利益も生み出さない。社員に辞めてもらって葡萄荘は残すというわけにはいかないのも当然だろう。

「会社が倒れたら本家も分家もないからね。雪解けを待って売却することで全員の意見が一致したというわけだ」

「なるほど」僕は珈琲を啜った。「それで屋敷が売られる前に、財宝をかっ攫《さら》おうというんだな」

「まあね。実は子供の頃から何度も葡萄荘に忍び込んで、宝物を捜してきたんだ」峰原は照れくさそうに言った。「だけど全然駄目だった。悔しいが僕には宝捜しの才能はないらしい。それでも構わない、人生は長いんだからのんびり捜せばいいやと思ってたけど、アメリカの金融バブルが弾けたおかげで、そうもいかなくなった」

峰原は冗談めかしてそう言うと、付け加えた。「――というわけで、佐倉の力を借りたいんだ」

「頼ってくれるのは嬉しいけど」僕は慌てた。「そいつは買い被りだ。宝物の捜し方なんて想像もつかないよ」

「分かってる」と峰原は笑った。「正直に言えば、宝物はどうでもいいんだ。それが幼少のジイサマが縁日で買ってもらった狐のお面であっても構わない。僕にとって大切なのは葡萄荘なんだ。子供の頃から親父に、お前は俺の跡を継いで社長になるんだぞ、と言い聞かされて育ってきた。嫌で堪《たま》らなかったけど、社長になれば葡萄荘は僕のものになる。そう思うと少しだけ気持ちが楽になった」

友人の声は穏やかだった。

「だけど、それも叶わぬ望みになった。僕には葡萄荘の売却を止めることはできない。宝捜しは僕のささやかな感傷だ。佐倉が軽い気持ちで付き合ってくれたら嬉しいんだけど」

「そういうことなら」と僕は言った。「喜んで招待を受けるよ」

「よし、決まりだ」峰原はほっとしたように言った。「誰かと一緒に来てくれてもいいよ。ロの堅い奴なら大歓迎だ。大きな洋館だから捜すにも人手が多い方がいいしね」

「そうだな」僕は暇《ひま》そうな友人たちの顔を順番に思い浮かべた。「高瀬《たかせ》はどうだろう」

「なるほど。高瀬か」峰原が電話の向こうで指を鳴らす音がした。「いいね。三人で愉快にやろう」

「オーケイ、誘ってみるよ」

僕は一応そう答えたが、訊くまでもなく高瀬の返事は予想できた。あいつがこんな面白そうな話を見逃すはずがないからだ。

翌日、僕は峰原に電話をかけ、高瀬と二人でお邪魔する旨《むね》を伝えた。

2

金曜日の午後。僕と高瀬は北陸の海沿いの駅に降り立った。

鉛《なまり》色の空から落ちてきた無数の雪片が強い風に煽られて乱舞している。日本海から吹いてくる北風は思わず奥歯を噛みしめたくなるほど冷たかった。

「ここが峰原が生まれた町か」

僕は辺りの風景を見渡した。

「立ち止まるな佐倉。靴底が凍りついて動けなくなるぞ」

僕に続いてホームに降り立った高瀬が、あながち冗談とは思えない口調で言った。「この寒さはただ事じゃない。何かの手違いでシベリア寒気団が地表に達したんじゃないのか」

「大げさだな。せいぜい氷点下一度くらいだよ」僕は聞き流して案内板を見上げた。「三番出口はこっちか。よし、行こう。峰原が迎えに来てるはずだ」

案内表示に従って階段を下り、コンコースを抜けて改札口をくぐる。

だが、駅前の待ち合わせ場所に峰原の姿はなかった。

「まだ来てないようだな」

「仕様がないな、まったく。東京からはるばる来た俺たちが時間厳守なのに、地元の人間が遅刻とは」

僕たちの声が聞こえたのか、大理石の太い柱にもたれていた若い男が、こちらに向かって歩いてきた。どことなく峰原に似た涼しげな眼差《まなざ》しに見覚えがあった。

「あれ、もしかして拓美《たくみ》くん?」と僕は言った。

「佐倉さん、高瀬さん。お久しぶりです」拓美は軽やかに会釈《えしやく》した。「東京へ行ったときはお世話になりました」

「元気そうだね」僕は言った。拓美は峰原の二歳違いの弟だ。いつだったか峰原に頼まれて、一緒に遊んだことがあった。当時の彼はまだ高校生で、透明感のある雰囲気を持った繊細な少年だった。その印象は今も変わらないが、顔つきは少し逞《たくま》しくなっていた。

「ちょっと見ないあいだに、また背が伸びたんじゃないのか、拓美」高瀬がからかった。

「やだなあ。小学生じゃないんですから」拓美は微笑した。「もう大学生なんですよ。あのときの高瀬さんの歳です」

「あの頃は若かったよ、俺も」高瀬がしみじみと言った。「それより奇遇だな。俺たちはお前の兄貴と待ち合わせ中なんだ」

「知っています」と拓美が言った。「兄が来られなくなったので、代わりにお二人を迎えに来たんです」

「あいつ、風邪でも引いて寝込んでるのか」高瀬が訊く。

「風邪なら良かったんですけど」拓美がこめかみを掻《か》いた。「ちょっと困ったことが起きまして……。とりあえず一緒に葡萄荘に行ってもらえませんか。詳しいことは車の中で説明しますから」

拓美の愛車は、淡いブルーの古いサーブだった。サーブに僕たちと荷物を乗せ、ワイパーを一振りさせてウインドウの雪を払いのけると、拓美は車を発進させた。

「で、峰原のことなんだけど」僕は訊いた。

「――実は、一昨日から、兄はずっと葡萄荘に閉じこもっているんです」拓美は前を向いたまま答えた。

「閉じこもっている?」僕は高瀬と顔を見合わせた。「どうして?」

「分かりません」拓美はため息をついた。「訊いても何も言わないし、中にも入れてくれないんです」

「心当たりはないのか?」高瀬が訊いた。

「関係があるかどうか分かりませんが……」と拓美は答えた。「数日前から葡萄荘でちょっとした異変が起きているんです。もしかすると、それが原因かもしれません」

「異変、というと?」

「――猫が集まってくるんです」拓美が言った。「葡萄荘の周りに。どこからか」

「猫?」僕は思わず窓の外に目をやった。「この雪の中を?」

「あり得ないでしょう?」と軽く肩をすくめる拓美。「でも本当なんです」


拓美によると、初めて猫の姿が確認されたのは月曜日だったという。

葡萄荘は現在、峰原貿易の総務部が管理しており、担当者が週に一度、葡萄荘に出向いて異状がないかどうか確認することになっていた。

その日もいつものように、担当の中村《なかむら》氏は社用車のヴァンに乗り込んで会社を出た。

葡萄荘の門前に車を停め、石段を上がっていく。雪をまとった木立《こだち》の向こうに、石造りの洋館が見えてきた。

「何だ、あれ……」

中村氏は思わず声を上げた。

葡萄荘の周囲はもちろん雪に覆われていた。その微《かす》かに青みがかった雪景色の中に、幾つもの色彩が散らばっているのだ。

「――猫？」

呆れたことに、この凍てつくような冬空の下に猫がいた。それも一匹や二匹ではない。五匹――いや、十匹近くいる。

「何やってるんだ、こいつら」中村氏は呆れ顔で呟いた。

葡萄荘の見まわり業務を任されて三年になるが、こんなことは初めてだった。

そもそも葡萄荘には普段から人が住んでおらず、だから当然、食料も置いていない。暖をとったり雨露をしのぐ場所もない。

猫が集まってくる理由はまったくないのである。どう考えても、この状況はただ事ではなかった。

中村氏は立ち止まって、しばらく辺りの様子を窺《うかが》った。屋敷もその周囲も、猫たちを除けば、変わったところは見あたらなかった。

少し気味悪く思いながら、中村氏は葡萄荘に向かって歩いていった。

「あっ！」中村氏は悲鳴を上げた。痩せた大きな猫が二匹、玄関の扉に前足をかけてガリガリと爪を立てていたからだ。

「こらっ。止めないか！」

中村氏は叫びながら扉に駆け寄った。猫たちが弾かれたように逃げ去った。中村氏は雪の中に膝をつき、扉を念入りに調べた。不安は的中して、扉には何本かの爪痕がついていた。だが幸いなことに、風雨に長いあいだ晒《さら》された扉の表面は少なからず傷んでおり、猫がつけた爪痕は目を凝らさなければ分からない程度だった。

これなら管理不行き届きを咎《とが》められる心配はなさそうだ。中村氏は安堵《あんど》の息をついた。ほっとすると同時に、本質的な疑問が湧き上がってきた。

猫たちは葡萄荘の中に入りたがっていた。それは葡萄荘の内部に、猫たちの興味を惹く何かがあることを意味しているのではないだろうか。

葡萄荘に誰かが入り込んで生活しているのだろうか？　あるいは邸内にネズミが大発生したのかもしれない。

いずれにせよ、担当者としては、屋敷の中を調べてみる必要があった。

中村氏は扉に鍵を差し込み、そっとドアを開けた。すぐ後ろで猫の鳴き声がした。振り返ると、いつのまにか再び猫が集まってきていた。一緒に中に入ろうと狙っているのだ。

「おっと。お前たちを入れるわけにはいかないよ」

中村氏は細めに開けたドアから素早く体を滑り込ませ、ドアをぴしゃりと閉めた。そして一部屋ずつ調べていった。

「ところが、葡萄荘の中には、何も変わったところはなかったんです」と拓美が言った。「浮浪者が入り込んでいたり、ネズミが走り回っていたり、マタタビが自生している、なんてこともありませんでした」

「すると、なぜ猫が集まっていたのか、原因は分からなかったんだね」と僕は訊いた。

「そうなんです。中村さんは一応、上司にこのことを報告したんですが、原因が分からないので上司も指示のしようがなくて、とりあえず様子を見ようということになりました」

ふと気がつくと、車は木立の中を走っていた。いつのまにか町を通り過ぎていたのだ。雪がたっぷり積もった地面に一対の轍《わだち》がついていた。拓美は轍から外れないように、慎重にサーブを走らせていく。

「ただ、何となく気になって、中村さんは翌日も時間をつくって葡萄荘に行ってみたそうです。案の定、猫が集まっていました。しかも前日よりも数が増えて二十匹近くいたそうです。猫たちは前日と同じく葡萄荘の中に入ろうとしていました」

「じゃあ、やっぱり葡萄荘の中に何かあるってことだな」高瀬が言った。「雪の中を遠征するのも厭《いと》わないほど、猫を強く惹きつける何かが」

「ええ」と拓美は頷いた。「中村さんもそう考えました。だからもう一度、念入りに葡萄荘を調べて廻ったんです。でも今回もおかしなところは見あたりませんでした」

「何も?」

「はい。ゴミひとつ落ちていませんでした」

「ふうん。どういうことなんだろうな」高瀬が腕組みをした。

「さすがにこれ以上放置できないという結論になって、その日の夕方、我が家に連絡が来たんです。俄《にわか》には信じがたい話だったので、さっそく僕も確認に行きました」

「どうだった？　やっぱり猫はいたの？」

「いました。中村さんの報告通り、葡萄荘の周りをたくさんの猫がうろついてました」

「拓美くんも、邸内を調べてみたんだね」

「隅から隅までじっくり見て廻りました」

「異状はなかったんだね？」

「はい」拓美がこくりと頷く。「その晩、帰宅した兄に話してみると、兄もひどく興味を感じたらしくて、翌朝、葡萄荘へ出かけていきました」

「──で、そのまま葡萄荘にこもってしまった、というわけか」

「そうなんです」と拓美が答えた。「深夜になっても帰ってこないので、心配して様子を見に行ったんですが、すげなく追い返されてしまいました」

「ふーむ」と僕は唸《うな》った。「どう思う、高瀬？」

「分からんな」高瀬は率直に言った。「本人に問い質《ただ》すしかないだろう」

やがて前方に重厚な石造りの門が見えてきた。

「あれ、おかしいな」車の速度を落としながら拓美が呟いた。

「どうした？」と高瀬が訊いた。

「兄の車がないんです」拓美が困惑したように答えた。「この先は階段だから、門の前に車を停めて歩いていかなければならないんです」

なるほど。峰原が葡萄荘にいるのなら、彼の車があるはずだった。

「どこかに出かけたのかな」と僕は言った。

「約束を思い出して、駅まで俺たちを迎えに行ったんじゃないのか」高瀬が言った。

「でも、それなら電話くらいするはずです」拓美が言った。

拓美の言う通りだ。駅に着けば、行き違いになったことはすぐに分かるのだから。

僕たちは携帯電話をチェックしたが、誰の携帯にも峰原からの着信はなかった。電波が圏外になっているので、こちらから峰原に電話することもできない。

拓美が鉄製の扉に鍵を差し込み、両開きの扉を開いた。三人が横に並んで歩ける幅のゆるやかな石段が続いている。

石段の雪の上に、一対の足跡がついていた。石段を下りてくる足跡だ。上っていく足跡は見あたらなかった。峰原の車がなくなっていることと考え合わせれば、足跡の主は峰原に違いないだろう。

「この足跡には、ほとんど雪が積もってないな」高瀬が足跡のそばに屈み込んで言った。

そうすると峰原が出て行ってから、まださほど時間が経っていないのだ。

「どうする？　電話が繋がる場所に移動して、峰原に連絡を取ってみるか？」高瀬が訊いた。

「そうだな……」僕は考えながら、何気なく足跡の軌跡を目で辿《たど》った。「おい、高瀬。――あれを見ろよ」

足跡は二十メートルほど先で、奇妙な振る舞いを見せていた。石段を真っ直ぐに下ってきた足跡が、突然向きを変えて脇道に入り込んでいたのだ。そして足跡は再び脇道から戻ってくると、何事もなかったかのように石段を歩き出していた。

「拓美くん、あの道の先には何があるんだ?」僕は石段を上りながら訊ねた。

「いえ、何もありません」と拓美が言った。「海へ下りていく道があるだけです」

「海?」

「ええ。小さな砂浜に通じているんです」

「プライベート・ビーチか」高瀬がからかうように眉を上げた。「さすがはブルジョア峰原家だ」

「そうだったら嬉しいんですけど」拓美が苦笑して言う。「残念ながらこの辺りの海は海流が複雑で泳ぐには適してないんです」

「じゃあ、何のためにわざわざ道をつけたんだよ」

「僕にも分かりません」拓美は首をひねった。「ジイサマは子供の頃に溺れかけて以来、絶対に海辺には近よらなかったと聞いていますし、散歩などの趣味もなかったはずなんですが」

「俺だって、峰原が泳ぎに行ったとは思ってないが」高瀬が言った。「しかし海水浴でないとすると、ますます奇妙じゃないか」

「とにかく、行ってみよう」

海へ下りる道は細いが石畳が敷かれた立派なものだった。足跡は小道を往復していた。途中で立ち止まった形跡はなかった。

「海までは、どれくらいかかるんだ?」先頭を歩きながら高瀬が訊いた。

「十五分くらいでしょうか」僕の後ろを歩いている拓美が答えた。

しばらく黙々と歩き続けると、木々の向こうから波の音が聞こえ始めた。ほどなく木立が途切れて砂浜に出た。幅二百メートルほどの小さな入り江で、僕たち以外には誰の姿もない。足跡は一直線に海に向かい、波打ち際で引き返していた。

「信じられんな」高瀬が肩をすくめた。「峰原の奴、本当に海を見に来ただけらしいぜ」

3

石段まで戻ったときには、車を降りてから四十分近くが経っていた。さっきまでじんじんと痛んでいた耳たぶが、いつのまにか大人しくなっている。感覚が麻痺《まひ》してしまったらしい。

「佐倉はどう思う?」横に並んだ高瀬が小声で訊いてきた。「あいつが犯罪に巻き込まれた可能性を考えるべきかな?」

僕もさっきから、そのことを心配していたのだ。何しろ、峰原は世間的には資産家の跡取り息子である。営利誘拐を企てる輩《やから》がいても不思議ではない。脳裏をちらりと、昨秋の奇妙な誘拐事件の記憶がよぎった。

「誘拐されたんじゃないかと思っているのか?」僕は訊き返した。「だけど、足跡は峰原のものしかないんだぜ」

「そこなんだよ、問題は」高瀬が低い声で言った。「不審者の足跡があれば、警察に連絡することもできるんだが……」

「そうだな」と僕も頷く。「この状況を見る限り、あいつは自分の意志で出て行ったとしか思えない。行動に不審な点は幾つもあるけど、それだけじゃ、な」

「もう少し、様子を見るか」高瀬が呟いた。

「僕も大丈夫だと思います」拓美も言った。「佐倉さんたちと宝捜しをすることは、兄にとって最優先事項のはずです。やむを得ない用で出かけたのだとしても、すぐに戻ってきますよ」

拓美の意見に納得したわけではなかったが、現段階ではそう考えるほかなさそうだった。

足元を見つめながら黙々と上っていくと、ふいに石段が終わった。顔を上げると、降りしきる雪の中に二階建ての洋館が聳《そび》えるように建っていた。

「これが……？」と僕は拓美を振り返った。

拓美が誇らしげに頷いた。「葡萄荘です」

僕はしばし立ち止まって、葡萄荘を見つめた。

葡萄荘は昔の洋館によくある和洋折衷のデザインではなく、本格的な西洋建築だった。黄色味がかった石材を使用した外壁。赤いスレート葺《ぶ》きの屋根。規則正しく並んだ上げ下げ窓。よけいな装飾を排した質実剛健な外観だが、無機質な印象はまったくなく、どこか温かみさえ感じられた。

「なるほど。すごいものだな」高瀬がぼそりと言った。「手放すのを峰原が惜しむのが分かる気がするよ」

「……変だな」拓美が再び怪訝《けげん》そうに呟いた。「猫がいません」

「えっ。……そういえば」僕は葡萄荘に見とれていて、すっかり猫のことを忘れていた。

辺りを見回してみたが、たしかに、どこにも猫の姿はなかった。しかし考えてみれば、それが普通である。この凍てつくような寒さの中で、猫の不在を訝《いぶか》しく思う僕たちがおかしいのだ。

「猫のことも心配ではあるが」高瀬がコートの雪を払いながら提案した。「とりあえず葡萄荘の中に入らないか。まずはこの忌々しい雪とおさらばするんだ。それから心ゆくまで猫たちに思いを馳《は》せようじゃないか」

「そうですね」拓美もいい加減、体が冷え切っていたようで、いそいそと鍵を取り出して、扉を押し開けた。「どうぞ。すぐに熱い珈琲を淹《い》れますから」

僕たちは、軽く足踏みをして靴についた泥を落とし、葡萄荘に足を踏み入れた。背後で扉が閉まると外の極地めいた冷気と風の音がすっと遠ざかった。高瀬がふう、と安堵の息をついた。

シャンデリアの明かりが灯《とも》り、ホールを照らし出した。寄せ木細工の床に、漆喰《しっくい》と飴色の木材で構成された壁面。壁の高い位置に嵌《は》め込まれた葡萄をモチーフにしたステンドグラス。巨大なシャンデリアは落ち着いた煌《きら》びやかさがあって、建築主が上品な趣味の持ち主であったことを示していた。

興味津々でホールを見回しているうちに、妙なものが目にとまった。

「拓美くん、あれは？」

僕の視線を辿った拓美が怪訝そうな顔になった。彼にも見覚えのないものらしい。近づいてみると、一枚のメモが壁にピンで留められているのだと分かった。
メモには見慣れた峰原の字で、こう書かれていた。

佐倉と高瀬へ。
急いでヨーロッパに行かなければならなくなった。
約束を守れなくて本当に申し訳ない。
とても大切な用件なんだ。
日本に帰ったら、事情はきちんと説明する。
だから今は許してくれ。

拓美へ。
佐倉と高瀬を、もてなしてやってくれ。
しばらく日本には帰れないと思う。
親父には話す時間がなかった。お前から話しておいて欲しい。
そうそう、猫のことも任せる。
迷惑をかけるがよろしく頼む。

峰原雅人《まさと》

僕たちは、しばらく二の句が継げずにいた。

「すみません、佐倉さん、高瀬さん」拓美が力なくうなだれた。「兄に代わってお詫びします」

「別に拓美くんが謝ることじゃないよ」僕は慌てて言った。

「――ま、とりあえずは」高瀬がため息まじりに苦笑した。「誘拐でなかったことを喜ぶべきなんだろうな」

「だけど、本当かな?」僕は首をひねった。「だいたい至急ヨーロッパに行かなければならない用事って何だ? 世界を飛び回るビジネスマンじゃあるまいし」

「本人がそう申告しているんだから仕様があるまい」と高瀬が言った。「ドタキャンの理由については、峰原が帰国した際に問い質すとして、問題はこれからどうするかだ」

高瀬の言う通りだ。早急の課題は僕たちの身の振り方だった。

「とりあえず、今晩はここに泊まらせてもらおうぜ。――構わないよな、拓美?」

「もちろんです。どこでも好きな部屋を使ってください」

客用の部屋は二階にあるという。拓美の案内でホールの奥にある階段に足をかけたとき、

「ちょっと待った」と高瀬が呼び止めた。「俺の空耳かな。どこからか、猫の鳴き声が聞こえるんだが……」

「えっ?」僕は思わず高瀬を振り返った。「猫だって?」

「本当だ、聞こえる……」拓美も言った。「たしかに猫の声です。それも、たくさんの――」

なるほど。耳を澄ませると、僕にも微かな猫らしき鳴き声が聞こえた。

「猫が屋敷の中に入り込んでるってことか」僕たちは顔を見合わせた。「だけど、どこにいるんだろう」

「どうやら、あそこから聞こえてくるようだぜ」高瀬が壁に取り付けられた通風孔を見上げて言った。「こいつはどこに通じてるんだ？」

「分かりません」拓美は首を振った。「通風孔は全部の部屋に繋がっていますから……」

「だとすると、片っ端から捜していくしかないな」高瀬があごを撫でた。「拓美、案内してくれ」

「お腹を空かせた猫が入り込むとしたら……」拓美は一瞬だけ考え込んだ。「やはり厨房《ちゅうぼう》でしょうか」

「よし。行ってみよう」

僕たちは、葡萄荘の一階右側にある厨房や食堂、談話室、使用人の部屋などを覗いて廻った。だが、どの部屋にも猫はいなかった。

「いませんね。すると、反対側かな」

いったんホールに引き返し、今度は葡萄荘の左側に通じるドアを開いた。

一番手前の部屋は応接室だった。

渋い英国風のインテリアで、いかにも冬が似合う部屋だ。

文字通り十九世紀そのものの装飾は、隅々まで手入れが行き届き、すこぶる居心地がよかった。気に入った。迷い猫を見つけたら、もう一度この部屋を訪れて、暖炉の火を眺めながらのどを焦がすような強いウイスキーを味わうとしよう。

「何ぼんやりしてるんだよ、佐倉。次へ行くぞ」

「分かってるって」

二人を追って隣の部屋に入った僕は、一瞬、茫然となった。

ドア以外のすべての壁面が、天井まである巨大な書架で覆い尽くされていたからだ。書棚には中世の修道院を思わせる大判の書物がぎっしりと並んでいた。

「図書室だね」と僕。

「図書館と表現した方がいいくらいだな」高瀬が眉をひそめて手近の書棚を眺めた。「それにしても、どれも古そうな本ばかりだ」

「相当に古い時代の本だと思いますが、はっきりしたことは分かりません」

「どうしてだ？」

「すべてラテン語の本だからです。骨董品に詳しい父や伯父たちも、ここにある本だけはお手上げでした」

「ラテン語だって？」高瀬が目を丸くした。

「ええ。もし高瀬さんが興味がおありなら」拓美が微笑《ほほえ》む。「あちらのソファで心ゆくまで読書を楽しんでください」

「謹《つつし》んで遠慮しておくよ。それより……どうしてあんな隅にソファを置いてるんだ？」不思議そうに高瀬が訊いた。「おまけにシャンデリアまで天井の端っこにつけて」

部屋に入ったときから、どこか妙な印象を受けていたのだが、高瀬の指摘でその理由が分かった。部屋の中央にたっぷりとスペースがあるにもかかわらず、ソファのみならず、シャンデリアまで奥の書棚に近い場所に取り付けられていたのだ。ちょうどソファの真上にくる位置である。

「僕も不思議に思ってるんですけど」と拓美が言った。「最初から、そうなっているんです」

「移動させればいいじゃないか」高瀬が言った。

拓美が髪を掻き上げてため息をついた。「何も動かすなという、例のジイサマの厳命がありますからね」

「忘れてたよ」高瀬が首をすくめた。「下手に動かしたら、財産権がなくなっちまうんだったな」

「すると」と僕は訊いた。「ここにソファを置いたのは幸吉氏なのか」

「そうなんですよ。家具の配置はすべてジイサマの采配です」

「とにかく、ここにも猫はいないってことだ」高瀬が周囲をもう一度見回して言った。

僕たちは図書室を出て、次のドアへ向かった。

ドアの向こう側には、壁から鹿の頭が突き出た居間や、応接室や、浴室があった。

「葡萄荘の中に、さらに別の住居があるみたいだね」

「ここはローランドのプライベート・スペースになっているんですよ」拓美が説明した。「僕たちは貴賓室《きひん》と呼んでいます。葡萄荘の他の部屋から完全に独立していて、二階の書斎と寝室には貴賓室の中にある階段を使ってしか行けません」

「書斎と寝室か。まあ、念のために見ておくか」

居間と応接室のあいだにある階段を、高瀬、僕、拓美の順番で上っていった。

「おい」階段の途中で高瀬が振り返った。「猫の声が聞こえるぞ」

階段の先には小さなホールがあり、左右にドアがついていた。鳴き声は左側のドアから聞こえてきた。

「書斎の中に猫がいるようですね」拓美が言った。「それも一匹や二匹じゃない」

「二人とも、心の準備はいいな？」高瀬がドアを細めに開いて部屋の中を覗き込んだ。僕と拓美も首を伸ばして室内の様子を窺った。

「……すごいな。これは」僕たちは思わず絶句した。

書斎の中は猫だらけだった。床はもちろん、ソファの上、テーブルの陰――。数え切れないほどの数だ。どの猫も思い思いのポーズで寝そべっていた。ひたすら怠惰に、そして幸せそうに。

恐る恐る部屋に足を踏み入れてみた。猫たちは突然の闖入者《ちんにゅうしゃ》を見ても、ほとんど興味を示さなかった。

「やけに寛《くつろ》いでやがるな、こいつら」高瀬が感心したように言った。「俺たちをまったく警戒していないぜ」

高瀬の言う通りだった。引っかかれるのを覚悟で手近の一匹にそっと手を伸ばし、背中を撫でてみたが、猫は素直に僕に撫でられるままになっていた。毛並みは乱れ、体は痩せていた。明らかに野良猫である。それなのにこの従順さはどうしたことだろう。

「屋敷の周りに集まっていた猫だよね。言うまでもなく」

「だろうな。いったい、どうやって入り込んだんだろう」

「もちろん兄が招き入れたんです。それ以外には考えられません」

「だけど、何のために？」

「それは分かりませんけど……」

少しの沈黙。

「……で、どうする？」

「僕に考えがあります」拓美が言った。「食堂のパントリーにピクニック用の大きなバスケットがあるんです。そのバスケットに猫を入れて車まで運びましょう」

「なるほど。車に乗せちまうわけか。そのあとはどうするつもりだ？」

「僕の後輩に大の猫好きがいるんです。とりあえず彼に預かってもらうことにします」

「了解。それでいこう」

拓美は車を暖めるべく立ち去り、僕と高瀬はパントリーからバスケットを四個持ち出して書斎にとって返した。

「じゃあ、始めようか」

僕と高瀬は猫を抱え上げては静かにバスケットの中に下ろした。不思議なほど簡単な作業だった。野良猫を素手で捕まえるのは至難の業だと思い込んでいたので、いささか拍子抜けの気分だ。しかし手に嚙みつかれるよりずっとましだろう。猫の入ったバスケットを片手にひとつずつ抱え、盛大に白い息を吐きながら、僕たちは葡萄荘とサーブのあいだを何度も往復した。

「すごい光景だな」猫を満載したサーブを眺めて、高瀬が愉快そうに言った。「世界広しといえども、これほど猫密度の高い空間は他にあるまい」

「どうでもいいけど、俺たちが乗るスペースはあるのか」僕はシートの上で欠伸《あくび》をしている猫を見つめて言った。

「何とかなるでしょう」拓美が陽気に請《う》け合った。「ただし、尻尾を踏んづけて嚙みつかれないようにしてくださいね」

町まで下りたところで車を路肩に停め、拓美が電話をかけた。

「もしもし、植田《うえだ》？　峰原だけど、ちょっと頼みがあってさ。葡萄荘に猫が迷い込んで困ってるんだ。一晩お前のところで預かってくれないか？　そう？　悪いな。これから車でそっちへ行くから。よろしく」

「拓美、お前もワルだな」高瀬がにやにや笑った。「いちばん重要な情報である猫の数をわざと教えなかっただろう」

「その後輩は、一軒家に住んでるのか？」僕は少し不安になって訊いた。

「ええと……」拓美が咳払いをする。「六畳一間のワンルームです」

「六畳一間の住人に、二十匹の猫を押しつけるとはね！」高瀬が天を仰いだ。「何てひどい先輩だ。俺はそいつに深く同情するよ」

「虐《いじ》めないでくださいよ、高瀬さん」拓美が肩をすくめた。「僕だって苦渋の思いなんですから」

4

足の踏み場もないほど猫に取り囲まれて茫然自失の植田くんに手を振って、僕たちは再び車中の人となった。

「さてと。どこかで飯でも食おうぜ」高瀬が言った。

「そうですね。昔ながらの洋食屋なんてどうですか」拓美が言った。「近くにおいしい店がありますけど」

「いいね。そこにしよう」僕と高瀬は一も二もなく頷いた。

葡萄荘からほど近い住宅街の中に、そのレストランはあった。

「小さいけど明治時代からある店なんですよ」扉を押しながら拓美が言った。「幸吉ジイサマも、よく一人でふらりと寄っていたそうですから」

フロアの中央で大きな古いガスストーブが低く音を立てていた。ストーブを囲むようにテーブル席が設けられ、奥にはカウンター席がある。

拓美は、出迎えた初老の紳士に会釈して、僕たちを窓際のテーブルに誘った。なるほど、居心地のいい雰囲気だ。拓美によればシェフと接客担当の二人で店を切り盛りしているのだという。

メニューを眺めてもさほど高い値段はついていない。僕たちは食べたい料理を遠慮なく注文した。まずはビールで乾杯である。あれほど凍えるような思いをしたというのに実に美味《うま》い。気の毒だが拓美はノン・アルコールのビールである。

「さて、と」高瀬が空になったグラスをテーブルに置いた。「何から話そうか」

「やはり葡萄荘にどうして猫が集まってきたのか、という謎だろうね」僕は言った。

「その原因が葡萄荘にあることは間違いないが」と高瀬が言った。「問題は、中村氏が屋敷の中を二度捜索して、拓美も調べたのに、どうして何も見つからなかったかだ」

「つまり、それは」高瀬のグラスにビールを注ぎながら拓美が言った。「容易には人目につかない場所にあるもの。端的に言えば隠されているもの、なんですね」

「そういうことだ」美味そうにビールを飲みながら高瀬が頷く。

「だけど、なぜ峰原だけが、それを見つけることができたんだろう」と僕は訊いた。

「謎を解く鍵は猫だ」と高瀬が言った。「猫は遠く離れた場所から集まってきた。とすれば猫を招き寄せたのは目に見えるものじゃなくて、匂いがあるか、音を出すものだ」

「そうでしょうか」と拓美が反論した。「いつもと違う匂いや物音がしていたら、中村さんか僕が気づいたはずです」

「おそらく人間が感じ取れないほどの微かな音や匂いなんだろう。猫の嗅覚や聴覚は人間の何千倍も優れていると聞いたことがある。お前や中村氏に分からなくても、彼らには感知できたんだ」

「峰原はそのことに気がついたのか」

「たぶんな。だから峰原は邸内に猫を放して、それがある場所まで案内させた」

「猫を惹きつけたのは、何だったんでしょうか？」拓美が訊いた。

「おそらくは」と高瀬は言った。「幸吉氏が葡萄荘に隠した宝物だ」


料理がテーブルに届き始めた。

「分からないのは」僕はフォークにパスタを絡ませながら訊いた。「どうして峰原は俺たちに黙って姿を消したのかってことだ。葡萄荘に宝物があることは俺も高瀬も知っている。今さら隠す必要はないじゃないか」

「考えられるとすれば」と高瀬がゆっくりと答えた。「見つかった宝物が峰原の想像とは違っていた場合だろうな」

「どういう意味だ？」

「もし発見した宝物が他人には絶対に見せられない代物だったら、お前ならどうする？　たとえば、美術館から盗まれた絵画とか、大量の贋札《にせさつ》を見つけてしまったとしたら……」

「まさか」と僕は笑ったが、高瀬は真剣な表情を崩さなかった。

「俺なら宝物を持って姿をくらませる。約束をすっぽかしてしまった弁明はあとで幾らでもできるからな」

「もちろん、冗談ですよね？」拓美が困ったように微笑んだ。「たしかにジイサマは短期間で財産を築きましたが、非合法な商売はしていないはずです。法律すれすれのことならやったかもしれませんが」

「分かってるよ」高瀬が言った。「俺は幸吉氏が悪事を働いたとは思っていない。峰原が見つけたのは、おそらくローランドの隠し財産だ」

「ローランド卿の？」

「幸吉氏はローランドに大きな借りがあった。そのローランドから頼まれたら断れなかったんだ。たとえ託された財産が非合法な代物だと分かっていても」

「そうかもしれない」と僕も言った。「葡萄荘はローランドに贈るために建てたものだ。その葡萄荘に幸吉氏が自分の財産を隠すとは思えないよ」

「僕もそう思います」拓美が頷いた。「葡萄荘に隠し資産があるという噂は昔からありました。これまで誰も本気にしなかったのは、葡萄荘がいずれ他人の手に渡るものだったからです。でも、隠されていたのがローランド卿の財産だったとすれば――」

「辻褄《つじつま》がぴたりと合うな」

「そうすると、兄が慌ただしく日本を離れたのは……」

「もちろん、宝物を処分するためだ」高瀬が確信ありげに答えた。

「そうかなあ」拓美は納得できないようだった。「だいたい、宝物を処分するのに、どうしてヨーロッパまで行く必要があるんですか?」

「さあな」と高瀬は肩をすくめた。「ローランドが何者なのか分かれば、その理由も推測できるんだが」

「少しだけなら僕も聞いていますよ」拓美が言った。「もっとも僕が知っているのは、ジイサマが家族に語った物語だから、どこまで本当なのか怪しいですけど」

「へえ、幸吉氏が?」僕はフォークを置いて、ビアグラスを手に取った。「そいつは、ぜひ聞きたいな」

「分かりました」拓美はしばらく窓の外を眺めてから、ゆっくりと話し始めた。「これは、ジイサマがまだ若く無名だった頃――明治二十年の話です」

「葡萄荘を建てた幸吉は、僕の祖父のさらに祖父にあたる人です。村が始まって以来の秀才で、青雲《せいうん》の志《こころざし》を抱いて帝国大学に進み、ついには欧州留学まで果たしました。疾走する機関車のようなバイタリティの持ち主だったそうです。ところが血の気が多すぎて、パリに滞在していた政府高官の不興を買ってしまったんです。すぐに平身低頭して謝ればよかったのかもしれないけど、とにかく頭を下げることが嫌いな男だから逆に啖呵《たんか》を切ってしまい、面子《メンツ》をつぶされた高官は激怒しました。途端にそれまでちやほやしていた人たちは潮が引くように去っていき、帰国後に興《おこ》す予定だった貿易商会の後援者も見つからないという窮地に陥ってしまって……。それでも傲然《ごうぜん》と胸を反らしていたそうだけど、ま、明らかに負け惜しみですね」

いかにも明治の豪傑らしいエピソードだった。

「身から出た錆《さび》とはいえ、異国の地で村八分の日々が続いて、さすがのジイサマも弱気になってきました。しかし世の中は分からないもので、ジイサマはベルリンで催された舞踏会で一人の風変わりな金持ちと知り合いになりました。ドイツ在住のローランドという英国人です。彼はジイサマのどこが気に入ったのか、私が事業の資金を貸してあげましょうと申し出たそうです」

「何だかうますぎる話だな」僕は率直な感想を述べた。

「誰だってそう思いますよね。ところがローランド卿は本当に融資してくれたんです。それも現在の価値に換算すれば何億という大金を」

「本当なのか、それ」

「信じがたいけど本当です。その資金で貿易商会を設立して、ジイサマは大成功を収めたんですから」

なるほど。それなら信じる他はなさそうだ。

「ローランドというのは何者なんだ?」僕は訊いた。

「ひとことで言うと、謎の人物です。分かっているのは彼がイギリス人で、香水の製造と販売で財を成した男ということだけ。独身で親しい友人もおらず、年齢も、彼が若い頃何をしていたのかも誰も知りません。美術や音楽に造詣《ぞうけい》が深く、ドイツ語やラテン語を自在に話すことができたそうです」

「いかにも胡散《うさん》臭い男だな」僕は言った。

「ジイサマは傲慢が服を着ているような男で、成功したあとは生来の不遜《ふそん》さにますます磨きがかかりましたが、ローランドにだけは終生感謝の気持ちを忘れませんでした。ローランドから引退後は日本にしばらく滞在したいと相談を受けると、ジイサマは恩返しとばかりに豪奢《ごうしゃ》な洋館を建ててローランドにプレゼントすることにしたんです」

それが葡萄荘というわけだ。

「明治四十年、ローランドは事業から引退して世界周遊の旅に出発しました。旅の最終目的地はもちろん日本です。ジイサマは彼に再会するのを心待ちにしていました。その少し前からジイサマは心臓を患っていて、もう時間はあまり残されていないと悟っていたようです。しかしローランドはいつまで待っても来ませんでした。後年分かったんですが、ローランドは旅の途中で嵐に遭って船ごと海に沈んでしまったそうです」

「呆気ないものだな……」高瀬が呟いた。

「ローランドが亡くなったことを知らないまま、まもなくジイサマも死ぬんですが、ジイサマは死ぬ間際に、一族の者を枕元に集めて奇妙な遺言をのこしたんです」

「その遺言のことは峰原から聞いたよ」と僕は言った。「葡萄荘を必ずローランドに引き渡すこと、それから外観や内装に一切変更を加えないこと――だろ。しかも約束を破った場合は、財産権が剝奪されてしまう」

「どうして幸吉氏はそんな厳しい要求を出したんだ?」高瀬が呆れ顔で訊いた。「まったく家族を信用していないみたいじゃないか」

「ジイサマが信用していなかったのは後継者の公彦《きみひこ》なんです。彼はとにかく父親とそりが合わなかったらしくて、父親が用意した縁談を蹴って自分の選んだ花嫁を連れてくるわ、事業の進め方で悉《ことごと》く衝突するわ、親子なのに天敵のように相手を忌み嫌っていたと聞いています。公彦はずば抜けて優秀だったからジイサマも跡継ぎにせざるを得なかったけど、それほどまでに父親を嫌っている息子です。もしも自分が死んだら――」

「――葡萄荘を売却しかねない、か」

拓美は頷いた。「ジイサマはそれを恐れたんだと思います。実際、ローランドがインド洋上で横死したという報せが峰原家に届くと、公彦は、引き渡す相手が死んだのだから遺言は無効になった――そう主張して葡萄荘を売却しようとしました。ところが兄弟や親戚筋が反対に回ったんです。公彦の専横を苦々しく思っていた人たちが、先代の遺志を盾にして反撃に出たわけです。さすがの公彦も、彼らの反対を押し切って葡萄荘を処分することはできず、ジイサマの遺言はかろうじて守られました」

「やはり幸吉氏とローランドのあいだには、単に若き実業家と後援者という以上の関係があったわけか」と僕は言った。

「そしてローランドが来日する本当の目的は、預けておいた宝物を受け取るためだった」高瀬が言った。

「でもさ」と僕は訊いた。「最初に聞いたときからずっと不思議に思っていたんだけど、なぜ幸吉氏は遺言の期限を百五十年なんていう非現実的な長さにしたんだろう」

「それは当時の峰原家でも、みんな首を傾げたそうです」拓美が言った。

「幸吉氏から、その点について説明はなかったのか？」と高瀬。

「家族が訊いてみたんですが……。ジイサマはひとこと、『まだ短すぎるくらいだ』と」

「百五十年でも短すぎる……？」高瀬が目を丸くした。

「もしかするとジイサマが預かったのはローランド個人の遺産ではなくて、組織や団体が所有する資産だったのかもしれませんね」

「とすると、その組織はよほど強固な基盤を持っていることになるな」高瀬が唸るように言った。「百年やそこらじゃ消えてなくならないという確信があったわけだ」

「でも、誰も取りに来なかった」と僕は呟いた。予想に反して、その組織は消えてしまったのかもしれない。

「ますますお宝が何だったのか、知りたくなってきたぜ」高瀬がにんまりと笑った。

「猫が音に惹きつけられたのだとしたら、宝物は楽器かもしれませんね。たとえば、ストラディバリウスとか」と拓美が言った。

「だけどケースの中に納められているはずの楽器が、独りでに鳴り出したりしないだろう？」

僕は言った。

「それじゃオルゴールかも」と拓美が答える。「ゼンマイさえ巻いてあれば、何かの拍子に蓋が開いてメロディが鳴り出す可能性がありますよ」

「そいつはどうかな」と高瀬はあごを撫でた。「そのオルゴールがどれほど妙なるメロディを奏でたとしても、はたして音楽で猫を招き寄せることができるだろうか」

「音でないとすると、匂いかな」僕は言った。

「マタタビとか魚の例もあるし、そう考えた方がまだ現実味がありそうだ。しかし、いったい何の匂いなん――」

ふいに高瀬が口をつぐんだ。僕と拓美もはっと視線を交わした。

「ローランドは、何の仕事をしていたんだっけ、拓美?」高瀬が低い声で訊いた。

「――香水の製造と販売です」拓美も低く答えた。

僕たちはゆっくりと頷き合った。「……それだ!」


「とりあえず猫たちを誘い出したのは、香水ということにしよう」高瀬が言った。「だが峰原が持ち出したのは香水じゃない。香水と一緒に保管されていた何かだ」

「どうして、そう断言できるんですか」拓美が訊いた。

「だって考えてみろよ。ローランドは未知数の若者だった幸吉氏に億単位の融資をした。幸吉氏もローランドのために莫大な金を投じて葡萄荘を建てた。抜け目のない実業家だった二人が香水のためだけにそれほどのお金を費やすのはどうみても不自然だ」

「もっと高価で、しかも人目を憚《はばか》る品物だというんだな」

「その通り。たとえばロマノフ王朝の翡翠《ひすい》製の玉座だとか、ベラスケスの幻の風景画とか」

「まだロシア革命も起こってないのに、そんなものが流出するわけないだろうが」僕は呆れて言った。「そもそも翡翠製の玉座とか、ベラスケスの幻の風景画なんて、本当にあるのか？」

「知らんよ。たとえば、だと言っただろう」高瀬が澄まして言う。「ともかく、そういう貴重な宝物ってことさ」

「……うーん、まさかとは思うんですけど」拓美が考え込んだ。「高瀬さんの話を聞いていると、本当に葡萄荘のどこかに盗まれた名画が眠っていたんじゃないかと不安になってきますよ」

「いや。高瀬の推理は成立しないよ」僕は言った。

「どうして？　他に考えようがないじゃないか」高瀬は不満げに口をとがらせた。

「そうかな。だったら峰原が見つけたのは盗まれたゴッホの絵だとしようか――」僕はゆっくりと言った。「峰原はまずレプリカだと思うだろう。本物がここにあるわけがないと考えるのが普通だ。だがまてよ、と峰原は思い直す。単なるレプリカをジイサマが大事にしまいこんでおくだろうか？　もしかするとゴッホは本物なのかもしれない。しかし、たとえ峰原がそう思ったとしても、彼にはその絵が本物かどうか分からない。真贋《しんがん》を判断することができないからだ」

「なるほど……。考えてみれば、その通りだ」高瀬が首の後ろを掻いた。

「もちろん、専門家に鑑定を依頼すれば答えは出るだろう。しかし鑑定の結果が真作だということになれば、どうして自分が真作を所有しているのかを説明しなければならなくなる」

「たしかに、それじゃ意味がないよな」

「高瀬さんの推理は間違っていたってことですか」拓美が訊いた。

「いや」僕は首を振った。「峰原が何かを一人で始末しようとしているのは、高瀬の推理通りだと思う」

「でも、美術品じゃないとすると……、兄は何を見つけたんでしょうか?」

「誰が見ても、一目でヤバイと分かるものだろうね」僕は耳を触りながら言った。「ローランドがどれほど多額のお金を使ってでも隠さなければならなかったもの。そして百年後の現在でさえ、絶対に俺たちに見られたくなかったものだ」

「嫌だな」拓美はぎこちなく笑った。「話の続きを聞くのが、何となく怖くなってきましたよ」

「すまない、拓美くん」僕は低い声で言った。「俺にはひとつしか答えが浮かばない。——誰かの、死体だ」

「佐倉……お前、もう酔っぱらったのか」高瀬が呆れたように言った。「死体なんて、そう簡単に処理できるものじゃないぜ」

「峰原が処理を行った場所は想像がついている。あいつの足跡が教えてくれたからね」

「死体を海に捨てたというんですか?」拓美が目を剝いた。「まさか」

「どうして?」僕は沈鬱《ちんうつ》な表情で言った。「この付近の海流が複雑だと言ったのは拓美くんだぜ。だったら海に死体を投げ込めば、複雑な潮の流れが日本海の彼方に運び去ってくれるはずだ」

「それは、たしかにそう言いましたけど……」拓美が口ごもる。

「心配するな、拓美」高瀬が優しく言った。「ほら、佐倉が右の耳を触ってるだろう。あれはあいつが冗談をいうときの癖《くせ》だ。耳を引っ張って笑いそうになるのを堪《こら》えてるんだ」

「えっ……。そうなんですか。佐倉さん?」

「ごめん。まさか本気にするとは思わなかったんだ」僕は我慢できずに笑い出してしまった。「もちろん冗談だよ。わざわざ死体を百五十年も保存しておかなくても、それこそ、さっさと海へ投げ込んじまえばいいいじゃないか」

「ひどいな」拓美が口をとがらせた。「真剣に聞いてたのに」

「悪かった。お詫びにもうひとつの思いつきも話すよ。今度は真面目な内容だ」

「本当ですか?」拓美は疑わしげだ。

「うまくいけば、宝物の隠し場所を見つけられるかもしれない」僕は言った。

「僕たちも猫を放ってみるんですか?」拓美が訊いた。

「いや、猫を使わずに捜すんだ」

「俺たちが誰一人、猫並みの嗅覚を持ち合わせていないことを忘れたのか」と高瀬が言った。

「猫の手を借りずに、どうやって隠し場所を捜し当てるつもりだ?」

「思ったんだけど」僕は二人の顔を交互に眺めながら言った。「葡萄荘に集まってきた猫たちは、屋敷の中に入ろうとしてしきりにドアを引っ掻いていたと言ったよね？　だったら峰原が邸内に猫を放したときも、同じことが起こったんじゃないかな」

「そうか。猫の爪痕を捜すんですね」

「そういうこと。葡萄荘の内装や家具はすべて十九世紀のアンティークだ。傷がついても代わりの品は簡単に用意できない。補修するのは峰原には無理だろうし、家具を移動させて傷跡を隠したとしても、拓美が見れば位置を変えたことが分かってしまう。だから猫が隠し場所を引っ掻いたとすれば、その跡がどこかに残っているはずだ」

5

三時間後、僕たちは応接室のソファにぐったりと横たわっていた。

「洒落《しゃれ》にならないくらい、疲れた」高瀬が低く呻《うめ》いた。

「見つかりませんでしたね。猫の爪痕」拓美の顔にも疲労の色が浮かんでいた。

「……いい思いつきだと思ったんだけどな」僕は天井を見上げて愚痴《ぐち》った。

僕たちの探索に見落としがあったとは思えなかった。葡萄荘のすべての部屋の家具や調度品はもちろん、壁、床、天井に至るまで念入りに調べたのだ。部屋だけではなく、ロビー、廊下、階段、浴室にトイレまで、考えつく場所はすべてチェックした。

だが、どこにも猫の爪痕と覚しき傷は見あたらなかったのである。

「ま、気を落とすな。明日、植田くんから猫を一匹借りてくればいい」

「……そうだな」

疲れた声でぼそぼそと話す僕たちの隣で、拓美はクッションを抱え込んで、何かを思案していた。

「どうした、拓美？」物憂げに高瀬が訊ねた。

「何度も考えてみたんですが、猫が隠し場所に傷をつけたという佐倉さんの想像は、やはり当たっている気がするんです」と拓美は言った。

「だけど、屋敷のどこにも傷なんて無かったじゃないか」高瀬が言う。

「ありませんでした」拓美は悔しそうに頷いた。「僕が憶えている限り、どの家具も、備品も、何ひとつ無くなっていなかったし、動かされていなかった」

「だったら」高瀬が優しく言った。「猫は傷をつけなかったってことさ」

「でも……」拓美は納得できないように黙り込んだ。

「なあ、ちょっと視点を変えて考えてみないか」僕は提案してみた。「幸吉氏が葡萄荘に宝物を隠したのは、ローランドが日本に来るまで自分の命が保たないと悟ったからだろう」

「そうだな」高瀬が頷いた。

「問題は、どうやって宝物の隠し場所をローランドに伝えるかだ」と僕は続けた。「直接教えることが不可能である以上、葡萄荘のどこかにローランドに宛てて宝物のありかを示すメッセージを残すしかないと思うんだ」

「とはいっても、実際にやるとなると相当に難しいぜ」高瀬が言った。「ローランドにすれば、まったくのノーヒントで手がかりを見つけて、宝物を捜し出さなければならないんだから」

「でもジイサマが大丈夫だと判断したのなら、きっとヒントなんか無くても解けるはずです」拓美が言った。

「ま、そうなんだろうけど……」

僕たちは考え込んだ。

「じゃあさ」僕はもう一度提案した。「今度はローランドの立場で考えてみようよ」

「やってみるか」高瀬が腕組みをして言った。「俺から始めるぞ。——まず、ローランドが無事に来日して幸吉氏を訪ねてきたとする」

「残念ながらすでにジイサマは亡くなっていた。でも遺言があるから、ローランドは葡萄荘を譲り受ける」と拓美が続けた。

「ローランドは葡萄荘のどこかに、幸吉氏に預けておいた宝物が保管してあることを知っている。しかし、その場所がどこなのかは分からない」僕は言った。

「彼はさっそく葡萄荘を隅から隅まで捜してみる」と拓美が言った。「ところが案に相違して宝物の隠し場所が見つからない」

「ようやくローランドは気づく。隠し場所は極めて念入りに隠蔽されていて、やみくもに捜しても見つからないらしい、と」高瀬が言う。

「とすれば、宝物の隠し場所へ辿り着くための手がかりが屋敷のどこかにあるはずだ」と僕。

「では、その手がかりは邸内のどこに置かれているのだろうか」拓美が言う。

「それは……私が独力で見つけることができるものだ」僕は言った。

「その手がかりを他人が見つけることは決してない。あの慎重な幸吉なら、私だけが発見できるように考えているはずだから」と拓美。

「なぜ他人には分からないのだろうか？」

「……他人がそれを目にしても、手がかりだとは気づかないからだ」

「なぜ、気づかないのだろうか？」

「疑問形の連続は反則だぞ、高瀬。……まあいい。ところで他人というのは誰だ？」

「仕返しか。お前も性格の悪い男だ。……まあいい。他人というのは、執事とか、料理人とか、私の世話をする人たちだ。おっと、もちろん峰原家の人々もそうだ」

「どうして彼らは気づかず、私だけが手がかりに気づくことができるのだろうか？」

「拓美、お前もか。……まあ、お前には一宿一飯の恩義があるからな。大目に見よう。それは……そう、彼らは揃って日本人だ。私はイギリス人だ。そこが違う」

「人種の違いというわけか」

「あるいは習慣、ものの考え方、それに——そう、言葉が違う。連中は日本語とやらを話す。

一方、私が使うのは世界の標準語たる英語だ。……なるほど、分かったぞ。その手がかりは英語で記されているわけだ。うむ、我ながら見事な論理だ。一件落着だな」

「喜ぶのはまだ早いぞ、高瀬」

「どうして？　完璧な推理じゃないか」

「峰原家が代々、貿易業を営んでいることを忘れたのか。彼らは皆、英語を話せるはずだ。間違ってるかい拓美くん？」

「高瀬さんには申し訳ありませんが、その通りです」

「分かった分かった。俺の推理は間違ってた。認めればいいんだろう？——で、英語じゃないとしたら、何なんだ。ご高説があるなら伺おうじゃないか」

「………」

「どうした佐倉。意見はないのか。それとも俺に論破されるのが怖いのか」

「……なるほど。そういうことだったのか」

「どうしたんですか、佐倉さん？」

「図書室には、驚くほどたくさんの蔵書があったよね」僕は拓美に言った。「幸吉氏がローランドのために揃えた本だ」

「分かってるさ。それが？」横から高瀬が口を挟んだ。

「イギリス人のローランドのために用意された書物が、すべてラテン語の本なのはなぜなんだろう？」

高瀬と拓美が、はっとしたように僕の顔を見返した。

「いくらローランドがラテン語を解したとしても、英語の本が一冊もないのは、やはり不可解に思うんじゃないかな。それが幸吉氏のメッセージなら別だろうけど」

図書室へ足を踏み入れるのは、これで二度目だ。どちらを向いても、真っ黒な革装の書物が書架を埋め尽くしている。おそらく蔵書は数千冊を下らないだろう。一世紀ものあいだ、読まれることはおろか、手に取られることさえなかった書物たち。この部屋は百年前から時が止まっているのだ。

「仮に図書室にメッセージがあるとして」高瀬がうんざりした表情で書架を見回した。「この膨大な書物の山から、どうやって該当する本を見つけ出すつもりだ?」

僕もぐるりと部屋の中を見回した。屹立する巨大な書架。圧迫感さえ醸し出す膨大な書物の山。重厚な板張りの床。そして何時間でも寝転んでいられそうな最上のソファ――。

「なあ、拓美くん」と僕は言った。「幸吉氏は、どうしてソファを部屋の隅に置いたのかな。ここにあるのは壁に造りつけの書架だけだ。部屋の真ん中には充分すぎる空間がある。普通ならもっとバランスのいい配置を考えるはずだ」

「そうですね」拓美も即座に頷く。「僕ならここには置きません」

「だろう? 仮に幸吉氏が、そういうことに無頓着な人なら理解できる。だけどそうじゃない。他の部屋は物ひとつ動かすのも躊躇《ためら》われるほど完成されたインテリアなのに、なぜ図書室だけが例外なのか」

「たしかに変だな」高瀬も言った。

「でも逆に言えば、だからこそ幸吉氏の遺言が意味を持つんだけどね」

「遺言?」

「ほら、葡萄荘の外観、内装、意匠に一切手を加えてはならない、という条項だよ。ここ以外の部屋は、内装の意匠も家具の配置も完璧で文句のつけようがない。とすれば、幸吉氏の真意は、このソファを動かすなということだったとしか思えないじゃないか」

「じゃあ、ソファがここに置かれていることが、メッセージだと?」高瀬が訊いた。

「ソファそのものがメッセージかどうかはともかく、深く関係しているのは間違いないと思うよ」

「ソファを動かしてみましょう」拓美が提案した。

僕たちはソファを抱え上げて移動させてみた。当然ながら、ソファの置かれていた場所には灰色の埃が積もっていた。高瀬が息を止めてゆっくりと埃を手で払う。埃が盛大に舞い上がり、床材が姿を現した。だが床下に下りるための隠し扉は見あたらない。

「……違ったか」高瀬が手を払いながら憮然として言った。

次にソファをひっくり返してみたが、期待したような、曰《いわ》くありげな封筒が貼られていることもなかった。

「こうなったら、ソファを解体しましょう」拓美が過激なことを言い出した。

「落ち着けよ、拓美」高瀬が苦笑しながら止めた。「それは最後の手段だ。まだ他にやることはある」

「高瀬の言うとおりだよ」僕も言った。「ソファを解体させるような乱暴なやり方を、幸吉氏はきっと好まないと思うんだ。ソファの役割はこの場所に置かれることだよ」

「そういえばソファだけじゃなくて、シャンデリアも部屋の隅についてるんだよな」高瀬が天井を見上げて言った。「これにも何か意味があるのか」

「それだ！　どうして気がつかなかったんだろう」僕は思わず叫んだ。「大事なのはシャンデリアだったんだよ。ソファはあくまでもカムフラージュだ。シャンデリアをこの位置に据え付けるための」

「ちょっと待て。分かるように話してくれ」

「おかしいと思ってたんだ。理由があってソファをここに置かなくちゃいけないとしても、それに合わせてシャンデリアまで隅に移動させる必要はないじゃないか。ソファで本を読むのに手元が暗いのなら、そばにスタンド式の明かりを置けばいいんだから」

「そうですよね」拓美がこくりと頷いた。

「なのにそうしなかった。どうしてもシャンデリアをここにぶら下げなければならなかったからだ」

「だけど何のために？」高瀬が訊く。

僕はしばし口を閉じて考えをまとめた。

「――シャンデリアは、いわば部屋の光源だ。天井の中心に光源があれば、どの壁の本にも同じように光が当たる。だけど光源が一方の壁に近いと、光の当たり方に差が生まれる」

高瀬と拓美は、黙って僕の言葉に耳を傾けていた。

「つまり、シャンデリアから遠い場所にある本には、通常よりも水平に近い角度で光が当たるし、逆に近い場所にある本には、ほぼ真上から光が当たるわけだ」

「そういうことになるな」高瀬が言った。

「そこから導き出せる結論はひとつ。幸吉氏のメッセージは、書物の文章中や表紙にあるのではなく、シャンデリアの光に晒される部分、すなわち背表紙に存在するということだ」

僕はソファの後ろに回り込み、シャンデリアに一番近い書架の前に立った。

「説明するまでもなく、光の角度によって変化するもの——それは影だ」

僕はずらりと並んだ背表紙に顔を近づけた。どの書物も金箔の型押しで題名と著者名が記されており、文字の部分が少しだけ窪《くぼ》んでいた。その窪みにシャンデリアの光が当たって僅《わず》かな影が生じている。だが、すべての文字が影で縁取られていたわけではなかった。

型押しの文字群の中に、さりげなく窪みのない文字が紛れ込んでいたのだ。

「なるほど。本の背表紙にメッセージが埋め込まれていたのか」高瀬があごをさすった。

「他にも同じような文字がないか探してみます」拓美が書名を調べ始めた。

僕は隣の書架へ行き、本の背表紙に指を走らせた。思った通り、こちらの書架に飾られている本の背表紙は、すべて型押しの文字ばかりだ。

「拓美、どうだ?」高瀬が訊く。

「メッセージが埋め込まれているのは、この棚の本だけみたいです」拓美が興奮気味に言った。「左から順番に言いますね。――最初はTです。次がHとE」

「The――じゃねえか」高瀬が低く唸った。「まぎれもない英単語だ」

「続けますよ……T、H、I。それからN、G、ですね」

「――THE THINGときたか」高瀬が嬉しそうに笑った。「もちろん、宝物のことだよな」

拓美はすべてのメッセージを読み上げた。

「THE、THING、IS、OVER、THERE――」高瀬がため息をついた。「〈宝物は、この向こうにある〉……か。なるほどね」

僕たちは棚にある本をすべて抜き出すと、ぽっかりと空いた書架の奥を覗き込んだ。どう見ても普通の壁である。半信半疑で手を差し入れて叩いてみた。

「――あっ」僕たちは息を呑んで顔を見合わせた。はね返ってきた音は、壁の向こうに空洞があることを示していたからだ。

懐中電灯で照らすと、壁面にごく細い継ぎ目が走っているのが見えた。

「拓美。ナイフを貸してくれ」高瀬が言った。

拓美がキッチンから折りたたみ式のナイフを持ってきた。高瀬はナイフの刃を引き出すと、刃の先端を壁の継ぎ目に突き立てた。

「さあ、みんな。心の準備はいいか」

てこの原理で刃先を動かすと、ゆっくりと継ぎ目が広がっていき、鈍い音とともに精巧に壁を模した板が倒れてきた。

「やった！」拓美が小さく叫んだ。

だが喜ぶのは少し早かった。板を外してみると、おそろしく頑丈そうな鉄製の扉が現れた。扉に鍵穴はなかった。その代わり金庫と同じタイプのダイヤル式のロック装置が取り付けられていた。


「……まいったな」

僕たちは床の上にだらしなく座り込んで、肩や腰を揉みほぐした。すぐ傍《かたわ》らには脚立《きやたつ》が放り出してある。

「あのドアを開けるには、ロックを解除する番号の組み合わせが必要だ」高瀬が忌々しそうに言った。「そして俺たちはそれを知らない」

「その組み合わせを推論で導き出すのは、ちょっと無理かもしれませんね」拓美が弱々しく微笑した。

「ちょっと、じゃない。絶対に無理だ」高瀬がそっけなく訂正した。

「だろうね」と僕は言った。「だからその数字の組み合わせも、葡萄荘のどこかにあるはずだ。どこに、どういうかたちで存在するのかは分からないけど」

高瀬も拓美も答えない。実は扉を見つけたとき、僕たちの頭に浮かんだのは、ドアを開ける番号も本の背表紙に隠されているのではないかという考えだった。僕たちは脚立まで持ち出して図書室にある全蔵書の背表紙を調べた。結果は言うまでもなく空振りである。不機嫌にもなろうというものだ。

「考えてみれば」と高瀬が仏頂面で言った。「幸吉氏が何度も同じ方法を使うわけがないよな」

「図書室以外の場所ってことですね」拓美が考え込む。

それから、たっぷり十分間、沈黙が図書室に居座っていた。

黙っていると、疲れと眠気がじわじわと全身を浸していく。今夜はこのくらいにしないか、そう提案しようと思い始めたとき、視界の隅でふっと拓美が顔を上げた。

「あの、これは違和感とは違うんですけど……」

「もちろん構わないさ。言ってみろよ」ほっとしたように高瀬が言った。

「子供の頃から、ずっと不思議に思っていたことがあるんです」拓美は言った。「どうして、この建物は葡萄荘という名前なのかって……」

僕と高瀬は思わず顔を見合わせた。「――なるほど。名前か」

「両親に訊いてみても、名前の由来は分かりませんでした」

「この洋館に葡萄荘という名前をつけたのは幸吉氏だよな?」高瀬が訊いた。

「はい」と拓美が頷いた。「それはたしかです」

「この建物が葡萄荘という名前であることは、ローランドにも伝えられるわけだ」僕は言った。

「そうなっていたはずです」

「当然、ローランドは不思議に思って峰原家の人間に訊ねてみるだろう。だが、誰も答えられない……」と僕は続けた。

「ローランドは気がつくはずだ。葡萄荘という名前がメッセージか、もしくはメッセージに繋がる手がかりなのかもしれないと」高瀬が言った。

「拓美くん」と僕は言った。「葡萄荘という名前と結びつきそうなものが、屋敷のどこかにないかな」

「そうですね……。僕が思いつくのは」拓美がふいに目を見開いた。「──あります！　ひとつだけ、葡萄をモチーフにしたものが」


僕はホールの壁に立てかけた脚立に上り、ステンドグラスをじっくりと眺めた。デザインといい色づかいといい惚れ惚れするような逸品だった。ゆっくり鑑賞する余裕がないのがつくづく残念だ。

「どうですか、佐倉さん？」脚立を支えている拓美が訊いた。

「なかなか有望だ」と僕は答えた。「これから言うダイヤル番号を紙に控えてくれないか」

「オーケイ。いいぞ」と高瀬の声が答えた。

「えーと。──左7、右10、右4、左9、右8。以上だ」

「どうやって番号を割り出したんですか？」脚立を下りた僕に、拓美がせっかちに訊く。

「数字は葡萄の実の数だよ」僕は答えた。「葡萄はステンドグラスの右半分にみっつ、左半分にふたつ描かれていた。その位置が廻す方向を示しているんだと思う」

「じゃあ、廻す順番は？」

「葡萄の房に葉っぱが添えられていた。それぞれ一枚から五枚まで。これが廻す順番を表しているはずだ」

「なに、感心するほどのことじゃない」高瀬が言った。「こいつよりも先に、お前の兄貴が解いているんだから」

「そういうこと」僕も頷いた。「さて、これが正解かどうか、確かめてみようじゃないか。拓美くん、君がやるんだ」

僕たちは図書室へと引き返した。拓美がメモを見ながら慎重にダイヤルを廻していく。やがて、ドアの内部で複雑に嚙み合っていた部品がカチリと音を立てた。拓美は緊張した面持ちでドアの取っ手を引いた。音もなく滑らかにドアは開いた。

隠し扉の向こうには、さらに下へと階段が延びていた。懐中電灯を片手に黴《かび》臭い階段を下りていくと、小さな地下室に出た。

地下室には木箱が大量に積まれていた。どの箱も開けられた形跡はなかった。

「これがローランドの財宝なんでしょうか……？」

「状況から考えれば、そうなるが」

木箱をコツコツと叩く二人から少し離れ、僕は辺りを見回してみた。すると部屋の反対側の壁際に、細長い木製の箱が置かれているのに気がついた。ちょうど人がひとり横たわることができるくらいの大きさだ。上蓋は取り外されていた。

僕は恐る恐る近寄って箱の中を覗き込んでみた。箱の内側にはフェルトが貼られ、底には柔らかそうなシルクの布が敷き詰められている。布の上に何かが散らばっていた。目を凝らすと丸い銀色の粒だ。

「拓美くん、ちょっとこの中を照らしてくれないか」

「ここにも箱があったんですね」拓美が懐中電灯を箱の中に向けた。真珠が何粒か、見たこともない模様の艶《つや》やかな貝殻、そしてギターのピックのようなかたちをした半透明な何かが光の中に浮かび上がった。手のひらに載せて眺めてみると、それは固くつるりとした感触で、冬の月のような光沢を放っていた。

「魚の鱗《うろこ》でしょうか」と拓美が言った。「でも、こんな水晶のような鱗は見たことありませんよ」

「この箱に入っていた財宝は、すでに持ち出されたあとのようだ」と高瀬が言った。「何が入っていたのか、見当もつかんな」

「あっちの箱を開けてみれば分かりますよ」拓美が言った。

「いいのか、開けても?」僕は訊いた。

「佐倉さんは見たくないんですか」拓美が微笑した。

「もちろん見たいさ」僕は言った。

「じゃあ決まりですね」拓美は積んである木箱のひとつをざっと調べた。

釘の頭は見えないから、蓋は多分押し込まれているだけだろう。拓美は慎重にナイフを差し込み、ゆっくりと動かした。蓋が少しずつ持ち上がっていき、すっと外れた。箱の中には、緩衝材に守られた小さなガラス瓶が並んでいた。

「——香水の瓶だ」拓美が息を弾ませた。

「ローランドの香水だろうな」高瀬はそのひとつを取り出してじっと見つめた。「このラベルは何と読むんだ、拓美?」

香水のラベルはとてもセンスのいいデザインだった。ラベルの文字は英語ではなかった。だとすれば、おそらく——。

「ローランドの香水は、ヨーロッパでは〈ミラージュ〉と呼ばれていたそうです」と拓美は答えた。「ラベルの表記は、幻影という意味のラテン語じゃないでしょうか」

6

応接室のテーブルの上で、拓美はいつも持ち歩いているというノートパソコンの電源を入れた。パソコンの横に、地下室から持ち出した〈ミラージュ〉をひとつ置いた。

これから〈ミラージュ〉に関する情報を求めて、世界中のサイトを探して廻ろうというのだ。

「だけど、いくらインターネットでも、さすがに望み薄なんじゃないか」高瀬は懐疑的だ。

「いや、分からないぜ。世の中には物好きな人間が星の数ほどいる。〈ミラージュ〉についてネットで言及している奴だって、どこかにいるはずだ」

僕はそう言ったが、内心は高瀬と同意見だった。百年以上も前に消滅したブランドだし、個人が販売していた香水だ。とても有用な情報が見つかるとは思えなかったが、景気のいい台詞でも口にしなければ、しんしんと冷えたこの部屋の空気に押しつぶされそうな気がしたのである。

拓美がブラウザを立ち上げて、“roland perfume”のキーワードで検索をかけた。一瞬の後、二千七百件の検索結果が表示されて、僕たちはきょとんとなった。

「……驚いたな」高瀬が気を取り直したように呟いた。「我らがローランド氏は、俺たちが想像する以上に世間から愛されているらしいぜ」

「彼の魂に幸いあれ、だね」僕も軽口を叩く。「しかし、どれも海外のサイトばかりだ」

残念ながら、僕も高瀬も外国語をいささか苦手としていた。この場は英文学を専攻している拓美に敬意を表し、和訳を一任することにした。

「さあ、じゃんじゃん訳してくれ」高瀬が拓美の肩に手を置いて言った。

ローランドの香水はごく少量生産で、とてつもなく高価であり、それでも飛ぶように売れた。

販売は彼の代理人が独占し、カタログも価格表も一切なし。銘柄は〈ミラージュ〉だけ。あまりに高価なので顧客は貴族や富豪に限られていた。

〈ミラージュ〉のレシピはまったくの謎に包まれている。多くの調香師がその謎を解くべく挑戦を繰り返したが、糸口を摑むことすらできずに敗退した。彼らは口々に、この香水は我々の知らない材料でつくられていると語った。

いつしか社交界に不思議な噂が立ち始めた。〈ミラージュ〉をつけている貴婦人はいつまでも若さを保《たも》っているというのだ。もちろん当の貴婦人方は、その噂に対して黙って微笑んでいるだけだ。

〈ミラージュ〉はローランド氏一人の手によって調合されている。
彼の出身地も、彼が若い頃に何をしていたのかも、誰一人知る者はいない。彼の過去を知る人間は、揃って死に絶えたかのようだ。

さらに閲覧《えつらん》を続けるうちに、僕たちは再び驚かされる羽目になった。

現代に至っても尚、世界中で多くの人たちがローランドの香水を捜し求めていたのである。彼ら、もしくは彼女たちは、今もどこかに〈ミラージュ〉が存在すると固く信じていた。

「どうして、古い香水に、みんなこれほど熱中してるんだ？」高瀬が呆れたように言った。

「同感です」と拓美も頷く。「だいたい百年も前の香水なんて、とっくに香水じゃなくなってますよ」

「あるいは〈ミラージュ〉は香水ではないのかもしれないな」僕は思いつきを言った。

「もしかすると」と高瀬が言った。「この騒ぎの遠因は、二十世紀の初めにヨーロッパから大量の〈ミラージュ〉が忽然と姿を消したせいじゃないのか」

「その可能性はありますね。それ以来、百年以上も〈ミラージュ〉の行方が知れないんだから、人々の好奇心をいたく刺激したとしても不思議じゃありません」拓美が言った。

「その幻の香水が、実は日本の片隅にひっそりと眠っていたとは、さすがに誰も思いつかなかったようだけど」僕は笑って言った。

「ところで」高瀬がさり気なく言った。「〈ミラージュ〉の価値って、どれくらいなんだろうな」

「それは僕も興味があります」拓美がいそいそと"mirage perfume price"と入力して検索した。「――凄い、五百九十件も表示されましたよ。一番上のサイトを開いてみますね」

「おい、何だかすごい数字が書いてないか」高瀬が画面を指さした。

「そう急かさないでくださいよ」拓美が文章に視線を走らせる。「どうやらベイジル・パーカーという人が、さる高名な実業家から申し出を受けた、という内容らしいですね」

未開封の〈ミラージュ〉をお持ちであればぜひお譲りいただきたく思います。五千ドルまで支払う用意があります。もし本物のレシピをお譲りいただけるのなら（偽物はもう結構！）二百万ドル出しましょう。


しばらくのあいだ誰も口をきかなかった。

「……あのさ」と僕は言った。「地下室の香水のことだけど」

「――ええ」拓美がため息をついた。

「あの箱には、十ダースの〈ミラージュ〉が保存されていたよね」

拓美は黙って頷いた。

「そして地下室には箱が三十個積み上げられていた。ということは――」僕は一ドル八十円として頭の中で暗算してみた。「一箱がざっと四千八百万円だから、三十箱だと十四億四千万円……か」

「もしレシピが同封されていたら」高瀬が重々しく付け加えた。「しめて十六億円だ」

さすがに五千ドルの香水を開封しようと言い出す者はいなかった。

僕たちは、キッチンで拓美が淹れてくれた珈琲を啜った。時刻は午前四時半。夏ならそろそろ外が白《しら》み始める時刻だ。

「ようやく分かりましたよ」さばさばした表情で拓美は言った。「どうして兄がお二人に黙って姿を消したのか、その本当の理由が」

「ほほう」高瀬があごを撫でる。「ぜひ聞かせてもらいたいな」

「地下室で香水を見つけた兄は、僕たちと同じように〈ミラージュ〉をネットで調べたはずです。そして〈ミラージュ〉が現在でも大変な価値があることに気づいたんです」

「だろうね」僕は頷く。「あいつは俺たちと違って英語に堪能だから」

「ええ」と拓美も頷いた。「兄なら〈ミラージュ〉を欲しがっている人にコンタクトをとることができます。たとえばベイジル・パーカーに〈ミラージュ〉を売ってくれと申し出た実業家を捜し出すことだってできるかもしれません」

「峰原は〈ミラージュ〉を売り払うつもりだというのか」高瀬が訊いた。

「兄は会社の危機を救おうとしているんです」拓美は目を伏せて言った。「会社と、それから葡萄荘を……」

「別に非難しているわけじゃないぜ、拓美」高瀬が優しく言った。「香水の所有者が誰かなんて、俺にはどうでもいいことだ。お前の兄貴が見つけたお宝だ。あいつが好きにすればいい」

拓美は顔を赤らめて何か呟いた。

「だがな」と高瀬が続ける。「俺が思うに、拓美の推理は半分は当たっているが、半分は外れている」

「えっ?」拓美はびっくりしたように顔を上げた。「どこが違うというんですか?」

「たぶん、峰原は地下室の〈ミラージュ〉を売ろうとは考えていない」

「でも……」

「峰原が活用しようとしているのはレシピだ」

「……レシピ?」

「何ダースもの〈ミラージュ〉はたしかに一財産だが、売り出せばあっという間になくなってしまう。だけどレシピは打ち出の小槌だ。レシピさえあればいくらでも〈ミラージュ〉をつくり出すことができる。レシピこそがローランドの本当の財産だ。そうは思わないか」

「それじゃ、あの空箱の中にレシピが入っていたんですね」拓美は息を弾ませた。「でも、レシピを入れておくには少し大きすぎませんか?」

「レシピだけじゃなくて、〈ミラージュ〉の材料も一緒に保存されていたんだろう」僕は答えた。

「もし〈ミラージュ〉の復刻に成功すれば、持続的な利益を手にできる」高瀬が言った。「会社を支えられるほど儲《もう》かるかどうかはともかく、無視できる金額でないのはたしかだ」

「峰原が葡萄荘を飛び出したのは、香水の調香師を探すためじゃないかな」と僕は言った。

「いくらレシピと材料があっても、素人に香水をつくることができるとは思えない。専門家が必要だよ。それも超一流の」

「だから峰原はヨーロッパへ行ったんだ」高瀬は愉快そうに言った。「〈ミラージュ〉をつくるには、ヨーロッパ産の貴重な材料が必要だ。それを確保するには現地に行くしかないだろうからな」

「たしかに、しばらくは日本へ帰れないかもね」僕は言った。

「大丈夫かな」拓美は心配そうに眉をひそめる。「兄貴ひとりで」

「まあ、お手並み拝見といこうじゃないか」高瀬が特大の欠伸をした。「俺はそろそろ眠らせてもらう。佐倉はどうする?」

「もちろん徹夜する気なんかないさ」僕は答えた。「仕事は終わったんだから」

僕たちはカップを洗い、キッチンの明かりを消してロビーに出た。そして葡萄荘を葡萄荘たらしめている瀟洒なステンドグラスを見上げると、ひとときの眠りをむさぼるべく、階段を上がっていった。

葡萄荘のミラージュ　Ⅱ

1

テーマも内容も面白いのに、学生の居眠り率が高い講義というものが世の中には存在する。講師の年齢や性別、話し方には関係がないらしく、若々しくエネルギッシュな授業であっても、耳を傾けているうちに、いつしか覚醒と眠りの境界線を踏み越えてしまう。その原因を僕個人の怠惰《たいだ》さに求めることはできない。なぜなら眠い目を擦りながら周囲を見回してみると、驚くほど多くの学生が微睡《まどろ》みの淵を漂っているからだ。

今日も始まって十分で意識を失い、はっと我に返ると、講師が授業を終えて壇上から降りたところだった。またしても完敗である。

謙虚に反省しつつ枕と化していたノートを片づけていると、蓬莱玲実《ほうらいたまみ》がやれやれという顔でやって来た。

「おはよう。よく寝てたわね」

「この講義で起きていられるのは不眠症の人間だけだよ」僕はささやかに反撃した。「あるいは催眠術が効かない体質とか」

「文化人類学の泰斗を催眠術師呼ばわりするとはいい度胸じゃない」

益体《やくたい》もないことを話しながら、キャンパスの隅の自動販売機で珈琲《コーヒー》をふたつ買ってベンチに座った。

頭上には群青色《ぐんじょう》の夕空が広がり、周囲は広々とした芝生である。ちょっと寒いのを我慢すれば、内密の話をするにはもってこいの場所だ。

「それで、私に頼みたいことって？」紙コップを両手で包み込みながら蓬莱さんが訊く。

「実は昨日、峰原《みねはら》から手紙が来たんだ」僕は珈琲をひとくち啜《すす》って答えた。

「峰原くん、まだヨーロッパから戻ってないの？」

葡萄《ぶどう》荘の一件を知らない彼女は呆《あき》れたという顔だ。僕と高瀬《たかせ》以外は皆、峰原が欧州で遊び暮らしていると思っているのだ。まあ無理もないが。

「今はイギリスのどこかにいるらしい」

「どこか？」

「あいつ、住所を書き忘れてるんだ。でも元気にしてるみたいだ。写真も同封されてたよ」

「へえ、どれどれ」蓬莱さんが、僕の手から写真を抜き取ってしげしげと眺めた。

それはイギリス北部を思わせるひとけのない海岸で撮られたもので、峰原と車椅子姿の若い女性が寄り添うように並んで写っていた。どうやらセルフタイマーで撮影された写真のようだ。

「ふーん」蓬莱さんはしばらく写真に見入ったあとで、ぽつりと呟いた。「……何だか、不思議な感じの人ね」

「だろう？」僕もまったく同感だった。

彼女は鮮やかな赤毛で、肌の色が抜けるように白く、綺麗なオレンジ色の瞳をしていた。旅先でのスナップという趣《おもむき》なのに、彼女の顔に笑みはなかった。カメラをまっすぐに見つめ、微《かす》かに眉をひそめている。体つきはほっそりとしているがひ弱な感じはなく、服の着こなしは際立って個性的だ。しかし何より彼女を特徴づけているのは現実感の希薄さだった。彼女がどこの国で生まれ、どの町に育ち、どんな暮らしをしてきたのか、どうしてもイメージできないのだ。

一方の峰原は、当然ながらいつもの見慣れた彼である。ただひとつ違うのは、彼女を見つめる峰原の顔に、僕が一度も見たことのない恍惚とした表情が浮かんでいることだった。

「相談というのは、峰原くんのことなの？」蓬莱さんが訊いた。

「まあね。正確には、あいつからの頼み事なんだが――」僕はどう切り出そうか考えながら言った。「蓬莱さんは、ベイジル・パーカーという名前を聞いたことはないかな」

「ベイジル・パーカー？」彼女は考え込んだ。「……知らないなあ。誰なの、その人？」

「アメリカの海洋生物学者だよ。大学で教えながら小説も書いてる。海の世界を舞台にした冒険物で、もう何冊も著書があるらしい」

「ふーん、そうなんだ」蓬莱さんが相槌をうった。「面白いの？」

「実を言うと、俺もまだ読んでないんだ。でも今度の新作は買うよ。本の発売に合わせてプロモーションで来日するらしいから、パーカーに会う絶好のチャンスだ」

「まさか、峰原くんの頼み事って、ベイジル・パーカーのサイン本？」

「それなら簡単でいいんだけど」僕は顔をしかめて言った。「峰原は俺に、パーカーと一対一で会ってくれというんだ」

「パーカーと一対一で?」彼女は腕組みをした。「それは、ちょっと無理じゃないかな。よほど強力なコネがあれば別だろうけど」

「普通なら駄目だろうね」と僕は頷いた。「ところが意外な接点が見つかったんだ。蓬萊さんは誰がパーカーの作品を訳していると思う?」

蓬萊さんは肩をすくめた。「私に訊かないでよ」

「柏木《かしわぎ》教授なんだ」僕は言った。

「えっ……。柏木先生?」

「そう。蓬萊さんの指導教官であらせられる柏木教授さ」

「なるほど、そういうことか」彼女はゆったりと微笑《ほほえ》んだ。「柏木先生に頼んでパーカー博士を紹介してもらおうと考えてるわけね」

「教授はパーカーの第一作からずっと翻訳を担当していて、今では友人と言ってもいい間柄だそうだ」僕は言った。「しかし残念ながら俺は柏木教授と面識がない。そこで教授の愛弟子《まなでし》である蓬萊さんにお願いする次第だ」

「どうやら峰原くんのヨーロッパ行きは、ただの観光旅行じゃなさそうね」

蓬萊さんは僕を横目で睨《にら》んだ。

「だけど柏木先生に仲介役をお願いするなら、当然、先生には事情を説明しなきゃならないし、そのためには私もすべてを承知していなければならない。——言いたいこと、分かるよね?」

「もちろん、分かってるさ」

僕は『葡萄荘事件』の顚末《てんまつ》をざっくりと語って聞かせた。

「……呆れた。峰原くんが突然休学したのは、そういう理由だったのか」蓬莱さんのため息が常夜灯に白く照らされた。

「そういう理由だったんだ」僕は重々しく頷いた。

「だとすると」蓬莱さんは写真に視線を落とした。「この女の人が、峰原くんが見つけた調香師ってこと?」

「話の流れからすればそうなる。でも手紙には彼女が何者かは書いてなかった」

「ま、いいけど」蓬莱さんが再び肩をすくめる。「それで、峰原くんはパーカー博士に何を訊ねるつもりなの?」

「それが奇妙なんだ……」僕は声を潜めた。「あいつが俺に託した伝言はひとつだけだった。〈『眠り姫』がなぜ目覚めたのか、教えてください〉。そう博士に伝えてくれというんだ」

蓬莱さんの右眉が上がった。「眠り姫?……何、それ?」

「俺にも分からない」僕はゆるゆると首を振った。「だけどベイジル・パーカーなら答えを知っていると、峰原は思っているようだ」

「――本当に変な話ね」蓬莱さんが考え込んだ。「峰原くんがそう言うのなら大丈夫だと思うけど……。問題は、パーカー博士が佐倉《さくら》くんの話を信用してくれるかどうかね」

「だからこいつを持ってきた」僕はバッグから〈ミラージュ〉を取り出して掲げてみせた。

「拓美くんからお礼に貰ったんだ。こいつをパーカー博士に見せれば、博士にも俺の話が本当だと分かるはずだ」

「これが、その幻の香水?」

蓬莱さんは〈ミラージュ〉を受け取ると、興味深げに眺めた。

「もし面会をセッティングしてくれたら、それは蓬莱さんにプレゼントするよ」

「えっ」蓬莱さんが香水から顔を上げた。「いいよ。だって、すごく貴重なものなんでしょう?」

「俺が持っていても宝の持ち腐れだからな」僕は言った。「ただし、成功報酬だぜ」

蓬莱さんは手の中の香水を数瞬見つめていた。それからこくりと頷き、ちょっと照れくさそうに言った。

「了解。任しといて」

2

待ち合わせ場所は、柏木教授の研究室だった。

僕は静まりかえったキャンパスを通り抜け、約束の午後八時にドアをノックした。

「入りたまえ」の声にドアを開けると、教授と向かい合ってソファに座っていた赤毛の外国人が振り返って僕を見た。細身だが筋肉質の男で、長い足を組んでソファにもたれている。洗練された雰囲気の中にさり気ない野性味を感じさせる眼差《まなざ》しだった。想像していたよりもずっと若かった。まだ三十代半ばくらいだろうか。

「さあ、そんなところに立っていないで入りなさい」

柏木教授が言った。温厚な顔立ちに似ず、気むずかしいところがあるという噂の教授も、今夜は上機嫌で興味を隠しきれない様子だった。

「彼が佐倉亮《りょう》君だ」教授が赤毛の男に言った。「そう、あの香水は彼から預かったものだよ」

それから僕に向き直り、

「佐倉君。こちらがベイジル・パーカー博士だ」

パーカー氏はソファから立ち上がると、にこやかに手を差し出した。

「ベイジル・パーカーだ。プロフェッサー柏木から話は聞いた。君に会えて嬉しいよ」

彼の日本語は、とても明快で聞き取り易かった。

「こちらこそ、貴重なお時間を割《さ》いていただいて感謝しています」僕は心から言った。

「君の話はとても興味深いものだった」博士はゆったりとソファに腰を下ろしながら言った。そしてテーブルの上に〈ミラージュ〉を置く。「まずは、これを返しておこう。君の恋人の貴重な品なのだろう?」

若干《じゃっかん》の誤解はあったが順調な滑り出しだ。僕はほっと胸をなで下ろした。

「『眠り姫』がなぜ目覚めたのか——その答えを私は知っている」博士は快活に言った。「だが君自身も私に訊きたいことがあるそうだね。では、先に君の質問から受け付けようか」

「はい。私の友人が故郷の別荘で、ローランド氏の財産と思われる香水を発見したことはお聞きになりましたか」

「うん、柏木さんから聞いた」パーカー博士は答えた。

「その香水は、明治時代に峰原幸吉《こうきち》という実業家がローランド氏から預かったものです。幸吉はいずれローランド氏に財産を返すつもりで葡萄荘の地下に保管しました」

博士は軽く頷きながら僕の話を聞いている。

「ですが結局、ローランド氏は現れませんでした。友人は偶然の成り行きから地下室に隠されていた香水を見つけたんです。彼はレシピをもとに〈ミラージュ〉をつくるべくヨーロッパに渡りました」

「それは素晴らしい挑戦だ」博士は微笑した。「だが残念ながら、君の友人の試みは成功しないだろう」

「どうしてですか」と僕は反論した。「レシピと調香師さえ見つかれば、不可能ではないと思いますが」

パーカー博士は、それには答えず足を組み替えた。

「ミスター峰原が見つけたという調香師は車椅子に乗っているそうだが、彼女の写真はあるかね？」

「持ってきています。これです」僕は手帳に挟んでおいた写真をパーカー博士に手渡した。

博士は長いあいだ、黙って写真を眺めていた。

「この写真を貰ってもいいだろうか、ミスター佐倉」

「ええ、どうぞ」僕はそう答えてから訊いた。「もしかして、その女性をご存じなんですか」

「知っている」パーカー博士は写真を大事そうに胸ポケットに落とし込んだ。「彼女は調香師ではないよ」

「——彼女は」僕は訊いた。「ローランド氏の末裔《まつえい》なんでしょうか」

「いや、違う」きっぱりと博士は言った。

「では」と僕は重ねて訊いた。「博士ご自身がローランド氏の子孫なんですか」

パーカー博士は微笑した。「残念ながら私も違う。なぜならローランドには子供がいなかったからだ」

「そうなんですか……」譲り渡す子供がいないのに、どうしてローランドは財産を幸吉に預けたのだろう？　そして幸吉はなぜ葡萄荘に財産を隠して、それを百五十年も保管しようとしたのだろうか。彼らの行為はひどく不可解だった。

「次は私が話そう」パーカー博士は珈琲をゆっくりと味わった。「君たちが葡萄荘の地下室で発見したのはたしかにローランドの財産だ。ただし、あれがすべてではない」

「財産は別の場所にも隠されているということですか」

「そういう意味ではない」博士は歯切れ良く答えると、人差し指を振ってみせた。「財産があるのは葡萄荘だけだ。だが香水はあくまで彼の財産の一部だ。端的に言えば香水は添え物であって、メイン・ディッシュではない」

「でも、地下室には香水しかありませんでした」と僕は告げた。

「君たちが見つける前に、君の友人が一番重要な宝物を持ち出してしまったからだ。彼にとって、香水など大した価値はなかったのだろう」博士は言葉を切るとそっと付け加えた。「私にはその気持ちがよく分かる」

「峰原が持ち出したのはレシピなんですね」

パーカー博士は眉を上げた。「レシピだって？　外《はず》れだ」

「……違うのですか？」

「もしかしたらレシピはこの世のどこかに残っているかもしれない。だが、もうレシピには何の価値もない」

「そんな……」僕は絶句した。「レシピには一億六千万円の価値があるんじゃないんですか？」

「そう思っている人間は多い。だが、事実はそうではない」博士は静かに言った。「〈ミラージュ〉を調合するために不可欠な材料がもう手に入らないからだ。レシピを手に入れても、二度と〈ミラージュ〉をつくることはできない。失われてしまったんだ。永久に」

「レシピでないとすれば、何だったのですか？」

パーカー博士は謎めいた笑みを浮かべた。

「たしかに私は持ち出された財宝が何だったのかを知っている。しかし、私だけではない。ミスター峰原も、君も、そしてミス蓬萊も持ち出された宝物を目にしているのだよ。ミス蓬萊と君は、間接的にではあるがね」

「まさか！」僕が知っているはずがない。

「答えはこの写真の中にある」博士は写真が収まったポケットをそっと押さえた。「ミスター峰原がイギリスから君に送った写真の中に」

「その写真に宝物が写っているのですか？」僕は驚いて訊き返した。宝物が写っていたら絶対に気づいたはずだ。あれだけ何度も繰り返し見たのだ。見逃すはずがない。

「彼女だよ」博士は囁くように言った。「ミスター峰原がイギリスで見つけた調香師だと君に思わせようとした女性――。彼女こそローランドが残した真の宝物だ」

僕は再び絶句した。博士の言葉の意味が理解できなかった。彼女は宝石でも香水でもない生身の人間だ。百年間も地下室に閉じ込めておけるはずがない。それとも博士は僕をからかっているのだろうか。

「……いったい、彼女は何者なんですか」

博士はきゅっと口を引き締めるように笑うと、僕に顔を近づけてぼそりと呟いた。

「――まさか」

僕は呆然と博士を見つめた。

「君たちの国には浦島太郎《うらしまたろう》という伝説があるそうだね。もちろん彼女はそんな伝説など知らないだろうが、彼女の身に起こったことは……」博士は初めて口ごもった。「同じことだったのかもしれない」

僕はそっと首を振った。とても信じられなかった。

「彼女は長いあいだ眠り続けていた。そしてある日、目覚めると知っている人は誰もいなくなっていたのさ」

博士はそう言うと、テーブルの上に置いてあった一冊の本を取り上げた。霧に包まれた森を描いた表紙に、タイトルと作者名が印字されただけの簡潔な装幀の本だ。

「彼女がなぜ長い眠りを必要としたのか。答えはこの小説の中にある」博士は本を僕に手渡した。「ぜひ読んでみてくれたまえ」


僕は狐に化かされたような不思議な気分で帰宅した。

部屋の明かりをつけ、手を洗い、ストーブに火を入れた。それから珈琲を淹《い》れ、炬燵《こたつ》に潜り込む。ポケットから摑み出した〈ミラージュ〉をそっと置き、その横に本を広げる。僕はひとくち珈琲を啜ると、パーカー博士の小説を読み始めた。

『眠り姫』を売る男

I

どこかで遠雷《えんらい》が鳴った。

パットが作業の手を止めて不安げに空を見上げた。縞《しま》模様の囚人服の上からでもはっきりと分かる筋肉質の体軀と、若手俳優のクラーク・ゲイブルに似ていなくもない男っぷりの持ち主が、遙か遠方の雷鳴に怯《おび》える様子にダンは微笑《ほほえ》んだ。

「お前は笑うけどな、ダン」パットが不服そうに口をとがらせて言った。「それはお前が雷の怖さを知らないからだ。目と鼻の先に稲妻が落ちたら分かるさ。落雷の衝撃で十ヤードも飛ばされたんだぞ」

ダンはにやりとした。前に同じ話を聞いたときは、パットが飛んだのは七ヤードだった。回を重ねるごとに飛行距離が伸びていくのがおかしかった。この分だとパットが大西洋を飛び越える日も近いだろう。

「とにかく、今も生きているのが不思議なくらいだよ」パットは真面目な顔で言った。

「神様に感謝しなけりゃな」とダンはからかった。

「幸運の女神だ。俺には幸運の女神がついてるのさ」

パットは眼を細めて言った。本当に幸運の女神がついていたのなら監獄などという無粋な場所にはいないはずだが、その点に関してはダンもあまり偉そうなことは言えない立場だ。

ダンとパットは三年前に相次いでこの監獄の住人になった。ダンはロンドンの大富豪の遺産を掠《かす》め取ろうとしてあっさり御用となり、パットはリバプールの銀行を襲撃したものの一ポンドも奪えないまま逃走、その日のうちに逮捕された。一攫千金《いっかくせんきん》の夢破れた二人が送られたのが、この通称〈ウィリアム八世の監獄〉だった。スコットランドの深い森の奥にあり、もともとは城塞だった場所だ。いかなる事情で城が監獄に変わったのかダンは知らない。夏のさなかに、独房棟の屋根の草むしりをさせられたら、そんなことはどうでもよくなる。ちなみにダンの刑期は八年三ヶ月、パットは十二年である。幸運の女神に縁のなかった半生だと言えよう。

「まあ、気にするな。相棒」ダンは陽気に言ってパットの肩を叩いた。「雷が怖いのはお前だけじゃない」

ダンはアンソニーの方にあごをしゃくった。小柄だが雄牛のように逞しい体格をした、まだ年若い看守だ。

アンソニーは黒雲の底が雷光に瞬《また》くさまを緊張した顔つきで眺めていた。ふと思い出したようにアンソニーは制帽をとった。帽子の扱いに困ったのか左右の手に何度も持ち替える。制帽の金具に落雷しないかと心配になったに違いなかった。

ダンたちの視線に気づいたアンソニーは恫喝《どうかつ》するような一瞥《いちべつ》を返し、荒々しく帽子を被り直すと、囚人たちのあいだを歩き回り始めた。

「おい。そこ、ぼやぼやするな！　雨が降ってくる前に片づけるんだ。手を休めるんじゃない！」

そう言いながらアンソニーがこちらに近づいてきた。ダンとパットは慌てて目につく雑草をむしった。

そのとき頭上で何かが弾ける音がして、大音響とともに近くの森に雷が落ちた。監獄の周囲に大砲をずらりと並べてぶっ放したような轟音だった。アンソニーは象牙《ぞうげ》のような顔色になって立ちすくんだ。彼の眼に見栄や体裁をかなぐり捨てる決心が浮かんだ。

「作業を止めろ！　しばらく休憩にする。私がいいと言うまでだ。全員その場に待機しろ。分かったか！」

アンソニーは叫ぶと、一目散に屋内への出入り口に飛び込んだ。理不尽にも雷が自分を狙っているのだと確信しているようだった。

囚人たちは声に出さずに、そっと目配《めくば》せを交わしてにやにやした。

ダンは上体を左右にひねって腰をほぐすと、屋根の端まで歩いていった。風が強いので少し手前で立ち止まる。柵などないから、足を滑らせたら一巻の終わりである。

屋根の草むしりは夏の初めと終わりの二度実施される。作業が終わるまで水一杯飲めない重労働なので、囚人たちは皆この仕事を嫌がった。ダンもできるなら遠慮したいところだが、いい点もあった。休憩の時間に屋根の端に立って、外の景色を眺めることができるからだ。

ダンは監獄を取り巻くように広がっている深閑《しんかん》とした森を眺めた。

鬱蒼《うっそう》と茂る木々に遮《さえぎ》られて見えないが、この森を抜けた向こうに小さな町がある。

町の通りを闊歩《かつぽ》する装いを凝《こ》らした女たちの姿や、露店に積み上げるように並べられた色とりどりの食材などを、ダンはぼんやりと想像した。

パットが手をはたきながらやって来てダンの隣に並んだ。

「気持ちのいい風だな。これで煙草《たばこ》が吸えれば最高なんだがな」

ぼそりと呟くと、パットも黙って塀の向こうを眺めた。

有り難いことに雷はさっきの一撃で打ち止めだったようだ。森の上を渡ってくる風の音以外はしんと静まりかえっている。

と、ふいにダンの鼻を何かがくすぐった。漁師の息子に生まれたダンがよく知っている、しかし、ずいぶん久しぶりに味わう匂いだった。

「潮風だ……」

「えっ?」

パットがこちらに顔を向けた。

「今、潮の香りがしなかったか?」

「潮風だって?」パットは不思議そうな顔をしたが、それでも素直にくんくんと鼻を鳴らした。

「うーん。俺には分からないが……」

「そうか。気のせいだな」

ダンは笑って言った。海の匂いだと思ったのはほんの一瞬のことで、すぐにかき消えてしまった。それにここは海から遠く離れた内陸の地だ。常識で考えても、ここまで潮風は届かないだろう。

「それより、あれを見ろよ、ダン。お客さんがやって来るぜ」

パットの声に、ダンは森へ視線を戻した。

木々のあいだを縫って、町から監獄まで一本の道が通じている。その道を一台の護送車が走っていた。木立《こだち》の陰に見え隠れしながら、護送車はゆっくりとした速度でこちらへ向かっていた。

「新入りが来るのは久しぶりだな」

「ああ。どんな奴なのか、楽しみだぜ」

II

新入りはクインという名前の四十男だった。背が高く、やせっぽちで寡黙な男だ。だが雰囲気は暗くなかった。ダンは最初、クインは教師だったのではないかと思った。彼が醸《かも》し出している思索的な佇《たたず》まいがそう思わせたのかもしれない。

犯罪者には自分のことをしゃべりたがる奴と、そうでない奴がいる。クインは後者だった。そういう男がやって来ると、虚実取り混ぜた噂が一人歩きすることになる。

「あいつは美術商だったらしいぜ」

「それは表向きの顔さ。本当は美術品の窃盗グループの指南役だったんだ」

「へえ、泥棒どもを手足のように使って盗品をかき集めていたってわけか」

「本当かね？　とてもそうは見えないぜ。えらく頼りなさそうな男じゃないか」

「人は見かけによらないものさ。そうだろう？」

というぐあいだ。火のないところに煙は立たない、というが、火のないところにも火事は起こるものだ。ここはやはり本人に直接当たってみるしかあるまい。

ダンは食事のとき、強引にクインの隣に割り込んだ。

「どうだい、ここの住み心地は？」

あまり関心をあらわにしないように気をつけながら話しかけてみた。クインは目を上げてダンを観察するようにじっと見つめた。

「そうだな――。快適とは言いかねるが」

興味津々の様子で耳をそばだてていた周りの連中がどっと笑った。笑い声がおさまるのを待ってクインは続けた。

「海から遠く離れた森の中にあるのが気に入っている」

ダンは彼の言葉に興味を惹かれた。

「海が嫌いなのか？」

「泳げないものでね」

クインはにこりともしなかったが、再び笑いが起こった。ここでは誰もが笑うという行為に飢えているのだ。

「あんたは美術商だと聞いたが」

「そう、美術商だった。しかし今はただの囚人だ。3102号だよ」

ダンの好奇心をはねつけるようにそう言うと、クインは食事に戻った。背筋をきちんと伸ばし、落ち着いた所作でスプーンを口に運ぶクインを見ているうちに、ダンはアップタウンのレストランにいるような気がしてきた。

薄い塩水としか思えない恐ろしくまずいスープを綺麗に飲み干したクインは、他の囚人たちの馬鹿話に耳を傾けながら、皆が食事を終えるのを静かに待っていた。

Ⅲ

第一独房棟の服役囚は火曜と木曜の午後に木工室で民芸品の製作に従事する。

ノルマの製作数をこなし、ほっと気が緩んだ終了時刻の間際になって、ビルとロブの喧嘩が始まった。二人が組んで作業をするとかなりの確率で喧嘩になる。相性が悪いのだ。それならば他の奴と組めばいいのだが、皆は二人がコンビになるようにさっさと組決めをしてしまう。単調な毎日で刺激に飢えているので、二人の喧嘩でも見て楽しんでやろうというわけだ。

ロブは陽気な男なのだが口が滅法《めっぽう》悪い。喧嘩のパターンはいつも同じだった。ビルの手際の悪さに業を煮やしたロブがビルに冒瀆《ぼうとく》的な言葉の洪水を浴びせかけ、無口なビルは有効な反論もできないまま最後の最後まで我慢したあげく、ついに頭にきてロブを殴り倒してしまうのだ。殴られたロブも黙っていない。快活なロブも寡黙なビルもかっとなればスズメバチのように凶暴になる。遠慮なく拳を振り回し、時には足も使う。鼻血を流して唇を切り、とっくみあいの喧嘩が佳境に入ったところで、看守が割って入り二人を引き離した。

これで喧嘩は終わりだが、お楽しみはまだ終わっていない。

荒い息を吐きながら相手を睨《にら》みつけている二人の前に看守長のジャックが進み出た。ジャックは体重が二百二十ポンドもある巨漢だ。彼は子供のように血色の良い艶《つや》やかな顔に微笑を浮かべて、ビルとロブを交互に眺めた。

「またお前たちか。何度、作業を中断させれば気が済むんだ。え？」

童顔のジャックが微笑むと相手にたいそう愛らしい印象を与える。しかし、それは表面だけだ。彼は冷血漢が揃っている看守たちの中で一、二を争うひとでなしだった。そのことは囚人たちが誰よりもよく知っていた。

「違うんですよ、ジャックさん」

弁の立つロブはジャックに向かって、最初に手を出したのはビルであって、自分は殴られて仕方なく防戦したのだ、と言葉を尽くして訴えた。ロブは口も達者だが、それ以上に愛嬌《あいきょう》がある。

ジャックはわかったわかったという風に頷くと、巨体をのっそりとビルの方に向けた。「お前が先に手を出したのか?」

「いや、だけど……」

「俺の質問に答えろ、ビル」

ジャックの声にひやりとする何かが混じった。危険な兆候である。成り行きを見守っていた囚人たちは残酷な期待に唾を飲み込んだ。ビルを犠牲にすることで、凪《なぎ》の海で帆船に乗っているような憂鬱を吹き飛ばせるのだ。

ビルは口の中で弁解らしき文句を呟いていたが、やがて拗《す》ねた表情で頷いた。その瞬間、ビルは後ろに十フィートも吹っ飛んで床に転がった。ジャックが容赦のない一撃をビルのあごに見舞ったのだ。這いつくばったビルが苦しげな呻《うめ》き声を上げた。

いつもなら一発殴って終わりだった。ところが今日のジャックは違った。

「ほら見ろ。やっぱりお前じゃないか」

ジャックは嬉しそうに言うと、ビルの顔を踏みつけた。十一・八インチの革靴の下でビルの表情が激しく歪んだ。散々ビルに革靴の底を押しつけてから、ようやくジャックは足を持ち上げた。と、その足が素早く弧《こ》を描いてビルの腹を蹴った。ビルは悲鳴を上げることもできなかった。芋虫のように体を折り曲げ、真っ赤になった顔で激しい苦痛を訴えた。

「どうしてお前はいつも俺に手間をかけさせるんだ。え?」

ジャックは悲しそうに呟いた。その言葉が終わらないうちに今度はビルの肩を蹴り飛ばした。ビルは空気が漏れるような喘《あえ》ぎ声を発しながら、ジャックから少しでも遠ざかろうと体を半回転させた。無防備な背中があらわになった。もちろんジャックはその背中を蹴り上げた。つま先が正確に背骨に命中した。ビルは全身を痙攣《けいれん》させた。呆然と見ていたロブの顔から血の気が引いた。

「それ以上やれば死んでしまいますよ」

落ち着いた声がした。ロブではなかった。ジャックが不思議そうな表情で声のした方を振り返った。

クインは、ジャックとそこにいる全員の視線を浴びて瞬《まばた》きをした。

「何だ、お前。……そうだ、新入りだな」

ジャックが眼を細めてクインを見つめた。相手の人物の程度を瞬時に読み取る眼差《まなざ》しだ。

「面白い。俺に意見する気か」

ジャックが優しく訊いた。囁くような低い声だ。

「意見ではありません。お願いです。彼を医者に診せてください。背骨を痛めた可能性がある。放っておくのは危険です」

クインは淡々と言った。柔らかい物言いだが凛《りん》とした響きがあった。

こいつの声は清潔すぎる、とダンは思った。ジャックがもっとも嫌うタイプだ。

「そう。思い出した。たしか美術商だったな。とってもえらい先生だ」

ジャックはクスクス笑った。

「一介の囚人です」クインは呟いた。

「これはご謙遜を、先生」クスクス。「ぜひとも先生には、色々と教えて頂かなくては。……分かりました。先生の言う通りにしましょう」

猫なで声でそう言うと、ジャックは若い看守にあごをしゃくった。

「おい。こいつを医務室へ連れていけ」

ぐったりとしたビルが看守に運び出されると、ジャックは帽子を恭《うやうや》しく脱いだ。

「ご指示の通り計らいました。これでよろしいですかな」

クインは黙って頭を下げると背を向けた。

「待ってくださいよ先生。せっかくお近づきになれたんです。ぜひ、私の部屋でお茶でもいかがです」

「ご厚意は有り難いのですが……。失礼します」

歩み去ろうとするクインの前に小柄な看守が立ち塞がった。アンソニーだった。

「看守長がお茶にお誘いしているんだ、黙って指示に従え」

「おいおい。言葉に気をつけるんだ、アンソニー。では先生、行きましょうか」

ジャックは無理矢理、クインを連れていった。

クインが戻ってきたのは深夜になってからだった。

ダンは自分の独房の前を横切るクインを見た。クインは眼が一本の線に見えるほどひどく顔を腫らしていた。痛々しく左足を引きずっていた。シャツには点々と血痕が付着していた。

クインは前を通り過ぎるとき、ちらりとダンを見た。目が合うとクインは微《かす》かに頰を緩めた。

その笑みはしばらくのあいだ、ダンの心から離れなかった。

Ⅳ

運動場には、あちこちにベンチが置かれている。物好きな篤志家《とくしか》が囚人たちの環境改善の一助になればと寄付したのだ。

天気の良い日にベンチに座ってぼんやりするのが、この神に見捨てられた場所におけるもっとも贅沢な時間の過ごし方だった。ベンチは中庭と裏庭にも置かれていたが、こちらはぐっと環境が悪くなった。特に裏庭はほとんど陽が射さない上に、一年中じめじめしているからだ。

噂によると、ここにまだ城が建っていた頃、この裏庭で大勢の捕虜が首を刎《は》ねられたという。そして城主は刎ねた首を片っ端から、裏庭にあった井戸の中に投げ捨てたというのだ。もちろん監獄が建設されたときに井戸は砂利《じゃり》で完全に埋められ、庭全体に煉瓦《れんが》が敷きつめられた。今では井戸がどこにあったのかさえ定かではない。

しかし、それから百年が経った今でも、月のない晩には、首なしの騎士が自分の首が投げ込まれた井戸を捜して庭を彷徨《さまよ》い歩く――そんな怪談が囚人たちのあいだに伝えられていた。

その伝説のせいか、裏庭のベンチで時を過ごす囚人はまれだった。唯一の例外はクインだった。彼は相当にひねくれた性格らしく、数脚あるベンチの中でも一番陽当たりの悪いベンチが気に入っていた。クインは運動時間になるとここへやって来て、ほとんど彼の専有物と化したベンチに腰掛け、ゆったりと足を組み、何かを思索していた。邪魔が入らない限りは……。

ダンはポケットに手を突っ込んでふらりと裏庭に立ち寄った。死刑執行所のすぐ前のベンチに座っているクインの姿を見つけて、よお、と手を挙げた。クインは知らん顔で手を振り返しもしない。

ダンが近寄っていくと、クインはわざとらしいため息をついた。

「何か用かね。今考え事をしていたんだが」

「つれないことを言うなよ。それにここはあんたの家の庭じゃない」

クインは渋々という風にダンの座る場所を空けた。

ダンはベンチに腰を下ろすと、懐《ふところ》から煙草を取り出してクインに勧めた。

「サムって男を知ってるか？　奴がこういう嗜好品を扱っているんだ。煙草でも、酒でも、何でも調達してくれる。金さえ積めばゴーギャンの絵だって手に入るかもしれんぜ」

「君はゴーギャンが好きなのか？　悪くない趣味だ」クインは煙草を大事そうにくゆらせながら言った。

「あんた、その顔……。またジャックにやられたのか」

クインは微かに笑った。「あの男はよほど私のことが好きとみえる。理由の有る無しにかかわらず私をお茶に誘ってくるんだ」

「よけいなお世話かもしれないが」ダンは言った。「ジャックは正真正銘の下司《げす》野郎だ。だが奴にもたったひとつだけ取り柄がある。賄賂《わいろ》がとてもよく効くんだ」

「ほう」クインが物憂げに呟いた。

「だから不愉快だろうが、奴に贈り物をすればいい。高価な品である必要はない。煙草とか酒とか、そういうものでいいんだ。奴はどちらも大好物だ」

「適切な意見だ」クインはそう言ったきり煙草を吸い続けた。そして短くなった煙草を丁寧にもみ消した。「だが、残念ながら私には金がない。破産しているんだ。ギャラリーも自宅もすべて差し押さえられている」

「それは、大変だな」

「それほどでもない」クインは他人事のように答えた。強がっている風には見えなかった。

ダンはふいに心を決めた。尻のポケットからウイスキーのミニチュア・ボトルを引き抜いてクインの手に押しつけた。

「自分のために買ったものだが、あんたに譲るよ。そいつをジャックに渡せ。それですべて解決だ。あんただって奴とお茶を飲むなんてもう願い下げにしたいだろう?」

クインはしばらくウイスキーのボトルを眺めてから言った。

「君に何かお礼をしなければならないな」

「いいさ、そんなことは」

とダンは言ったのだが、クインはポケットを探ると、摑み出した中身をダンの手のひらに載せた。それは綺麗に磨き上げられた銀貨だった。見たことのない硬貨である。銀貨の表面に彫られた文字はアルファベットだ。それなのに読むことができない。ダンは銀貨から目を上げて問いかけの視線を送った。

「古代ギリシアの銀貨だ。大して高価な物ではないんだ。受け取ってくれ」

ダンは驚いて手のひらの銀貨を見直した。するとこの文字は古いギリシア語か。どうりで読めないわけだ。「何だってそんな昔の金を持ち歩いているんだ？――そうか。あんたは美術商だったな」

「これは商品じゃない。お客の払った代金だ。お守り代わりに持っているんだ」

「こんな古い銀貨が代金だって？　アレキサンダー大王にクリムトでも売りつけたのか？」

クインは微笑した。「そういうお客がいるんだ。彼は支払いに現代の通貨は使わない。いつも古い貨幣や銀製品、宝飾品などで払ってくれる」

「世の中には変わった人間がいるものだな」ダンは呆《あき》れた。

「由緒ある貴族の末裔《まつえい》なんだぜ。でも、まあ少し変わっているかもしれない。彼は現金を持っていない。その代わり先祖伝来の家宝をたくさん所有している。だからそれで払う」

「先祖伝来の家宝を手放してまでお買い物とはね。その貴族に何を売ったんだ？」

クインは微笑んだまま立ち上がった。答えるつもりはないらしい。

「君と話せて楽しかったよ」ミニチュア・ボトルをちょっと掲げてクインが歩き出す。

ダンは銀貨をクインに向かって放った。

「これは返すよ」

「気に入らないのかね？」クインが意外そうな顔をした。

「お礼をしたいのなら、あんたのことをもう少し聞かせてくれないか」ダンは言った。「あんたは美術品窃盗団の首領だというもっぱらの噂だが、本当なのか？」

クインは呆れたように首を振った。

「私が窃盗団の首領に見えるかね？」

「いや、見えない」ダンは正直に言った。「しかし、人は見かけによらないものだ。それにあんただって罪を犯したからここにいるわけだ。俺と同じように」

怒るかと思ったが、クインは興味深そうな視線を向けただけだった。

「殺人だよ」クインは囁くように言った。「私は共同経営者を殺害した罪で有罪になったんだ」

予想外の答えだった。

「意外だな。あんたは人を殺すタイプには見えないけど」

「人は見かけによらないと言ったのは君だぞ」クインは言った。「誰だって信頼していたパートナーに金を持ち逃げされたら殺したくもなるさ」

「へえ、それも意外だ。あんたは仲間と組まずに、独りで仕事をするタイプだと思っていた」

「仕入れで世界中を飛び回っていたのでね。オフィスに商談のできる人間を置いておかなければならなかったんだ」

「結構貯め込んでいたわけだ。全部持っていかれたのか？」ダンは好奇心を隠そうともせずに訊いた。

クインは微笑した。「二十五万ポンドだ」

「二十五万！」

しばし呼吸が止まってしまったダンを、クインは愉快そうに眺めた。

「……なるほど。二十五万も持っていかれたら、かっとなって殺しちまうのも無理はないな」

ダンはようやく言った。

「だろう？　だが、本当を言うと私は殺していないんだ」クインは秘密めいた口ぶりで告げた。

「どういうことだ？」

クインはウイスキーのボトルを撫でながら言った。

「私たちは真っ当な商売ばかりしてきたわけじゃない。私もピート——共同経営者だ——も多くの敵を抱えていた。殺してやると脅されてピートはかなり怯えていた。私がオーストラリアに出かけて不在のあいだに、彼は引退する決心をした。しかし悠々自適の生活を送るには金がいる。ピートは自分で退職金の額を決めて私の口座から引き出していったんだ」

「それじゃ、あんたのピートを殺したのは、彼を脅迫していた連中なんだな」

わたしのピート、ね。クインは皮肉っぽく繰り返した。

「奴らの犯行だという証拠はない。だが間違いないだろう。私はメルボルン滞在中に電報で彼の死を知らされた。電報には持ち逃げの件も記されていたから同情の気持ちは湧かなかったよ。それよりも私は自分の命の心配をしなければならなかった。脅迫者は私たち二人を殺すと脅していたのだ。帰国すれば私も殺されてしまう。ところが逃げるにも、弁護士を頼むにも、ボディーガードを雇うにも、すべて金が必要なのだ。しかるに私はくそったれピートのおかげで一文無しになっていた。万事休すだった」

クインは肩をすくめた。

「幸い、取り引きが成功して現金が二千五百ドルほど手に入ったので、現地のブローカーから偽造パスポートを買った。そしてイギリスには戻らずにアメリカに飛んだ。だが殺し屋はすぐに私を追いかけてきた。私は連中の襲撃を必死でかわしながら金の続く限り逃げ続けた。三度も名前を変え、住所も変えたが駄目だった。やがて金が底をついた」

「それで、どうしたんだ?」

「どうしようもないさ。私は金を使わずにできる唯一のことをやった。警察に出頭して自分の犯した罪を告白したんだ。金を持ち逃げした相棒を殺しました、とね。あとは説明するまでもないだろう。逮捕され、裁判にかけられ、有罪判決が出て監獄へ放り込まれた。殺し屋どもが絶対に手出しのできない安全確実な場所に私は辿《たど》り着いたのだ」

「それじゃ、あんたは」ダンは驚いて言った。「殺し屋から逃れるためにここに来たというのか」

「そういうことになる」クインは平然と認めた「私の話は以上だ。少しは退屈が紛《まぎ》れたかね」

ダンが頷くと、クインは満足そうに言った。「結構だ。では、この酒は頂いていく。これは私が飲むことにするよ。こんないいスコッチをジャックに渡すのは勿体《もったい》ない。そうは思わないかね」

V

　ダンはベッドに横たわって真っ暗な天井を見上げながらクインのことを考えた。殺し屋から逃れて「墓場」へ逃げ込んできた男。他の人間にとっては絶望の象徴でしかない樹海の中の監獄が、彼にとっては救いの場所だというのだ。独房の薄汚れたベッドの上でしか安心して眠ることができない人間の気持ちをダンは想像しようと努力した。

　どこか釈然としない気がした。クインの話は一応は筋が通っている。だが、本当に監獄へ逃げ込むしか方法はなかったのだろうか。クイン自身の言葉によれば、彼は殺し屋に狙われていた。しかも彼は一文無しだった。それが事実だとしても、囚人になるよりもっとましな方法があるように思えた。あの男なら金がなくても殺し屋から逃げ延びることができそうな気がするのだ……。

　ダンがそんなことを考えながら寝返りを打ったとき、突然、監獄中に非常サイレンの音が響き渡った。

　ダンは布団をはねのけると裸足《はだし》のまま冷たい床の上を走り、扉に顔を押し当てた。全身を耳にして、外の物音をひとつも聞き漏らすまいとした。

独房の中にいても、看守たちの緊迫した足音や怒声がはっきりと伝わってきた。

扉の監視窓が開けられ、外から看守が覗き込んだ。

「何かあったんですか」

問いかけてみたが、何でもない、と硬い声で答えて看守は監視窓を閉めてしまった。——何が起こったんだ……。

状況が摑めないまま、不安な一夜が明けた。

ダンは一睡もしないまま起床時刻を迎えた。

食堂に行くと、ダンはサムの姿を捜した。看守たちと親しいサムなら昨夜のできごとを聞き込んでいるのではないかと思ったのだ。誰もが同じことを考えるらしい。サムは他の囚人たちから質問攻めに遭っていた。

「驚くなよ。ジャックが死んだ」サムが興奮を抑えた口調で告げた。ダンはパットとクインを誘ってサムの近くに席を占めた。

「ジャックが？　嘘だろう？」

誰もが信じられないという表情を浮かべた。

「俺だってこの目で見たわけじゃないが、どうやら本当らしい」

食事に手をつけている者は一人もいなかった。全員がスプーンを手に取ることも忘れてサムのよく動く口に注目していた。

「これはアンソニーから聞いた話なんだが……」

事件が起こったのは昨夜の八時頃だった。

敷地内を巡回していたアンソニーが中庭を通りかかったときのことだ。裏庭の方角に微かな異状を感じて彼は足を止めた。アンソニーは目を細めて闇の向こうを透《す》かして見た。それから耳を澄ました。不審な人影は見えず、物音も聞こえなかった。だが、何かがおかしい。いったい何だろう……。

アンソニーは五感を研《と》ぎ澄ませた。と、ようやく異状の正体に気づいた。潮の香りがするのだ。彼は首を傾げて鼻を鳴らした。一瞬の錯覚であることを証明しようとしたのだ。ところが、潮の香りは相変わらずアンソニーの嗅覚を刺激し続けていた。まるで夜の砂浜に立っているような気がした。潮騒が聞こえないのが逆に不思議だった。

この状況にどう対処すべきか、しばし熟考した結果、アンソニーは匂いの元を突き止めることにした。風は裏庭の方角から吹いていた。彼は裏庭に向かって歩き出した。

予想通り、裏庭に近づくにつれて潮臭さは強くなってきた。同時に風の中に何か別の匂いが混ざり始めた。

「これは——血の臭いだ……」

アンソニーは俄《にわか》に緊張した。それが意味するところは明白だった。彼は右手をそっと腰の拳銃に置いた。いつでも銃を抜けるように指を添えたまま、アンソニーはゆっくりと裏庭に足を踏み入れた。

目が慣れてくると、少しずつ色々なシルエットが暗闇の中に浮かび上がってきた。裏庭の真ん中に誰かが倒れていた。

「おい、誰だ?」そう声をかけながら慎重に近寄った。柔らかい物を踏みつけた。心臓を波打たせながら足をどけて確認してみた。それは看守の帽子だった。

まさか、そこに倒れているのは……。

慌てて駆け寄って倒れている人物を抱き起こした。

「か、看守長!」

アンソニーの腕の中でぐったりと動かないまま荒い息を吐いているのはジャックだった。

「どうしたんですか! いったい、何があったんです?」

ジャックが何かをしゃべろうとした。耳を近づけると、プンと血の臭いがした。

「……女がいた」囁くような声で、ジャックはそう言った。「呼び止めたら……やられた……」

ふいにジャックの息づかいが消え、腕の中に魂の抜け殻だけが残された。アンソニーの報せで、カンテラを持った看守たちが裏庭に駆けつけた。ジャックは足を切断されて、血の海で絶命していた。


「それじゃ、ジャックは殺されたのか」ダンは呆然と呟いた。

誰かに殺されて、血の海に横たわるジャック……。その光景を想像しようとしたが上手く像を結べなかった。

「いったい誰の仕業だったんだ?」パットがせっかちに訊いた。

「俺が知るかよ」サムが言った。「ジャックを恨んでいた奴は大勢いるけどな。だが重要なのはジャックが殺されたとき、俺たち全員が檻の中に入っていたってことだ」

「そうか。俺たちの誰かが犯人じゃないわけだ」パットがほっとしたように言った。

「俺たちじゃないとすると、看守が犯人だということになるぜ」ダンは声を潜めた。

皆がそうなのか、という顔つきでサムを見た。

「それなら話は早いんだが、どうも違うらしい」サムは腕組みをして言った。「看守が殺されるなんて監獄始まって以来の不祥事だ。一番驚いたのが監獄を預かるモーリス所長だ。このままだと所長の管理責任が問われちまう。だから所長自ら、看守と職員をひとりひとり部屋に呼んで、ジャックが殺されたとき、どこにいて何をしていたかを問い質《ただ》したんだ。その結果、全員のアリバイが確定したらしい。もちろん、アンソニーを除いてだが」

「だったら、犯人はアンソニーしかいないじゃないか」パットが言った。

「ところが、コトはそう簡単じゃねえのさ。まず、奴には動機がない。仮に動機があったとしても、ジャックと二人きりのときに殺すわけがない。自分が疑われるのは確実だからな」

「……そうだな」パットは渋々認めた。

「もう一人重要な容疑者がいるじゃないか、サム」ダンはそっと周囲を見回してさらに声を小さくした。「所長はどうなんだ。所長なら看守のように時間に縛られていないし、監獄内のどこで何をしようと誰にも咎《とが》められない。ジャックをそっと物陰におびき寄せて殺すこともできる」

サムがにやっと笑った。

「本当に所長が犯人だったら面白いんだが、残念ながら所長にはアリバイがある。ジャックが殺された時刻、所長は客と面会していたんだ。その際、所長は席を一度も外さなかったと客が証言したらしい」

「何だか、刑事みたいな話しっぷりだな、サム」パットがからかった。

「嫌なことを言うなよ」サムは顔をしかめた。

「その客が犯人という可能性はないのか」ダンは再び口を挟んだ。「ジャックを殺したあとで、何食わぬ顔をして所長と会っていた、とか」

「考えたな。だが、そいつも無理だ。看守が正門から所長室まで客を案内している。途中で人を殺すのは不可能だ。それから先に言っておくが、ジャックが死んだ時刻に他に客はいなかった」

「俺たちでもなく、看守や所長でもなく、訪問客でもないとすると」ダンはゆっくりと言った。「犯人は外から忍び込んできたのかもしれんな」

「まさか！」とパットが笑い出した。「いくら何でも、それは無茶だぜ、ダン」

「いや、どうやら所長たちも同じような結論を出しているようだ」サムが言った。「昨夜、看守が総出で監獄の中を捜し回ったらしい。ジャックを殺した犯人がどこかに潜んでいないか調べるためだ。もちろん、誰も見つからなかったが」

「ジャックが見たという女もか？」ダンは訊いた。

「ジャックが見たという女もだ」サムが答えた。

会話が途切れた。ダンはこの事実をどう受け止めるべきか決めかねていた。アンソニーの言葉を信じるなら、ジャックを殺したのはその女だとしか考えられない。だが、女は監獄のどこにもいなかった。つまり、女はジャックを殺してから捜索が始まるまでのあいだに監獄の外へ抜け出したのだ。いったい、どうやって？　いや、それよりも女はどうやって監獄へ入ってきたのだろう？　監獄の出入り口は正門ただ一ヶ所だけだ。正門を通り抜けるには事前に訪問日時を連絡して許可を取らなければならない。そして受付で厳重なチェックを受けて初めて中に入ることができるのだ。もちろん犯人と思われる女は正門を通っていない。言うまでもないが、壁をよじ登って入り込むのは不可能である。

だとすれば、いったい女はどこに消えてしまったのか？

「彼女に足はあったのか？」

それまで黙って聞いていたクインが奇妙な質問を投げかけた。

「おいおい。まさか幽霊が犯人だったなんて言い出すんじゃないだろうな」

サムは冗談だと受け止めたようだったが、当のクインの表情は結婚を申し込む男のように真面目そのものだった。サムは困ったように頭を掻きながら、

「さあな。そこまでは知らないが、多分、ジャックは女の足は見ていないはずだ」

「どうして分かる？」

「不審者がジャックを襲ったのが裏庭の入り口だからだ。あそこは低い生け垣で遮られている。生け垣の向こうに女がいたのなら、腰から下は見えない」

「それが重要なことなのか、クイン？」ダンは訊いた。

クインは返事をしなかった。何かに気を取られて心ここにあらずという感じだった。

「ところで、もうひとつ不思議なことがあるんだ」サムは皆を見回しながら続けた。「ジャックが足を切断されて殺されたことは話したよな。その足の傷だが、刃物じゃなくて、まるで猛獣の鋭い牙で嚙みちぎられたような傷らしいんだ。たとえばドーベルマンのような大型の犬に――」

「鋭い牙、だって……？」

硬い金属音がした。床にスプーンが落ちる音だった。反射的に音のした方を見ると、クインが落としたスプーンには目もくれず、口を微かに開いたままサムを睨みつけていた。

「な、何だよ」

「それは本当なのか？　ジャックが鋭い牙で足を食いちぎられたというのは」

信じられない、というよりも、信じたくない、という口調だった。

「そう言ってるだろう」サムはむっとした様子で言い返した。

「もしかして、ジャックの死体には他にも不可解な点があったんじゃないのか」クインが訊いた。

サムは不思議そうにクインを見返した。「あんた、どうして知ってるんだ？　たしかにジャックの死体は雨も降っていないのにぐっしょりと濡れていた……。まるで海水を被ったかのように、潮の香りがプンプン匂ってたそうだ」

「――やはり、そうか」

　クインは苦痛を堪《こら》えるようにそっと目を閉じた。悪い予感が現実になったときに人が見せる表情だった。

　潮の香りだって？　ダンは首を傾げた。最近、どこかで潮風を嗅いだような記憶があった。あれはたしか、クインがここへ来た日ではなかったか……。

「とにかく気味の悪い話だよ」サムが顔をしかめながら言った。「女がドーベルマンみたいな大型犬を連れて深夜の監獄を散歩していたというんだからな。そして女はジャックに見つかると、犬に命令して奴を襲わせた。ジャックは悲鳴を上げる間もなく足を噛み切られて死んじまった。アンソニーが駆けつけたときには、女は煙のように消えていた……。まるで怪談だよ」

「女が立ち去る前に、ジャックの死体に海水を振りかけたことも忘れないでくれよ」パットが付け加えた。「何かのおまじないかな」

　クインを見ると、まだ固く目を閉ざしたままだった。

「女はどうしてジャックを殺したんだろう」ダンは心に浮かんだ疑問を口にした。「自由自在に消えることができるのなら、見咎められても看守を殺す必要はないと思うんだが」

　ダンの問いに答えることができる者はいなかった。

VI

「ロブの奴、すっかり変わっちまったな」

木材を決まった大きさに切り分けながらサムが言った。「おっと。しっかり押さえてろよ、パット。お前の指を切り落としたくはないからな」

パットが仏頂面で頷く。サムがのこぎりを動かす度に木屑が煙のように舞い上がるので、しゃべると咳き込んでしまうのだ。

「そうだな。あいつが大人しいと調子が狂うよ」ダンは相槌をうった。

ビルがジャックに大けがを負わされてから、ロブは人が変わったように寡黙になった。ビルが一生、車椅子の生活を送らねばならなくなったと知ったロブは人目も憚《はばか》らず号泣した。それ以来、機関銃のようなおしゃべりは影を潜め、陽気な表情も消えてしまった。今日はビルの代わりにクインがロブのパートナーを務めていた。二人とも黙々と角材にカンナをかけている。ジャックが殺されて以降、クインも人が変わった。裏庭のベンチで物思いにふけるのも止めてしまった。一人になるのを避けているようにダンには見えた。

作業は予定通りに粛々《しゆくしゆく》と進んでいた。喧嘩も起こらない。それにもかかわらず看守たちは機嫌が悪かった。

ダンたちは新しい木材を取りに倉庫に向かった。

「どうして連中が不機嫌なのか分かるか？」サムが囁いた。「毎朝、朝礼が大荒れなのさ。所長が終始、看守を怒鳴りつけているらしい。ニコラスが新しい看守長だから、毎回、奴に雷が落ちることになる」

「雷の話は止《よ》せ」パットが顔をしかめた。「不愉快だ」

「所長は追いつめられているようだな」とダン。

「そりゃそうさ。看守長が殺されて、しかも犯人が見つかっていないんだから絶体絶命のピンチだ。まあ免職は避けられないだろうね」

いい気味だ、と呟きながらサムは角材を台車に積み込んでいった。

モーリス所長は必死だった。昨日の戸外の一斉捜索に続いて、今朝は独房内の捜索が行われた。囚人全員が食堂に集められ、所長自ら独房を一部屋残らず調べて廻ったのだ。ベッドも何もかもひっくり返され、クッキー缶の中まで調べられた者もいた。所長は俺たちが女に変装した可能性を考えているのだとダンは思った。鬘《かつら》や女物の服を見つけたかったのだ。だが所長の思惑は外れた。数時間後、所長は空《むな》しく手ぶらで引き揚げていった。

そっけないベルが作業の終わりを告げた。できあがった製品を倉庫に運び、残りの部品を木箱にしまった。工具を片づけ、テーブルを拭いて床の木屑を掃きとると終了である。

「なあ、ダン」パットが服についた木屑を払いながら言った。「昨日の晩、ずっと考えていたんだが」

「消えちまった女のことを？　それともジャックのことか？」

「止せよ」パットは嫌な顔をした。パットの右目は茶色の虹彩が萎縮《いしゅく》してしまっている。以前、ジャックにひどく殴られたせいで、ほとんど見えなくなってしまったのだ。「俺がジャックを悼《いた》むわけがないだろう。ジャックを殺してくれた女に感謝してるくらいだ。もし逢うことができたらお礼に熱いキスをプレゼントするよ」

「おいおい」ダンは笑った。「あの女は幽霊だとみんな言ってるぜ。いくら女に飢えてるからって幽霊を口説《くど》くつもりか」

「お前はどうなんだ、ダン？　やっぱり幽霊だと思ってるのか？」

「少し迷っている」ダンは鼻の頭を掻いた。「幽霊なんて信じていないが、壁をすり抜けてきたとでも考えなきゃ説明がつかない。もしかすると、本当に昔ここで首を斬られた女の幽霊かもしれないな」

「だけど、あの女には首があったはずだぜ」

「そうだったな、忘れてたよ」ダンは微笑んだ。

「俺は、あの女が人間であって欲しいんだ」パットが真剣な口調で言った。

「そりゃ幽霊より生身の女がいいさ」

「そういう意味じゃない」パットは言葉を探すように視線をあちこちに彷徨わせた。「ここは昔、城だったんだろう？」

いきなり話題が飛んでダンは面食らった。

「ああ。ウィリアム八世の城だ。おっかない領主だったらしいな」

「何世だっていいさ。俺が言いたいのは、城には秘密の抜け穴がつくられるものだってことだ」

ダンはあごを撫でた。「なるほど。今でも抜け穴が残っていると思ってるんだな」

「あり得ないことじゃないだろう。きっと女はその抜け穴を通ってきたに違いない」パットは熱心に言った。「考えてみろよ。もし俺たちが抜け穴を見つけることができたら、ここを出て行けるんだぜ。――いつでも、好きなときに」

ダンはポケットに両手を突っ込んで、しばらく空に浮かぶ雲を眺めた。――いつでも、好きなときに、か。

「なあ、パット」ダンは微笑を抑えきれずに言った。「もしも俺が、抜け穴がどこにあるのか見当がついているといったら、どうする?」

Ⅶ

朝のうちはからりと晴れていたのに、いつのまにか分厚い雲が空を覆い、音もなく流れてきた霧が監獄を包み隠してしまった。

「こりゃ、いいや」

霧の中をすいすい進みながらダンは上機嫌で呟いた。ハイランドに霧が出るのは珍しくもないが、これほど濃い霧は滅多になかった。

「人目を忍ぶことをやらかすには、ぴったりの天気だな」

ひんやりとした霧がすべての物音を吸い込んでしまうらしい。いつもなら運動場から聞こえてくるざわめきも届かず、自分の足音だけが虚《うつ》ろに響いた。

死刑執行所の壁際のベンチには、すでにパットが待っていた。

ダンはパットに頷きかけて、彼の隣に座った。

「実はクインも誘ってあるんだ。もう少し待ってくれ」とダンは言った。

「クインも来るのか?」

「クインはあの女の正体を知っていると俺は睨んでいる。しかし女がどうやって来たのかは分からないようだ。きっと知りたいと思うはずだ」

白い壁の向こうから足音が近づいてきた。やがてぼんやりとシルエットが浮かび上がり、険しい顔つきのクインが現れた。クインはダンたちを見ると少し表情を和《やわ》らげた。

「面白いものを見せてもらえるそうだが」

「たぶんね」ダンは微笑した。「ただし人手がいるんだ。手伝って欲しい」

クインは了承した。

「じゃあ、さっそく始めよう」

ダンは立ち上がって歩き出した。

「どこへ行くんだ、ダン」

「裏庭だ」ダンは後ろを振り向かずに答えた。

「抜け穴は裏庭にあるのか？」パットが鋭く訊いた。

「俺の勘ではね」

「しかし、看守たちがあれほど捜しても見つからなかったんだぞ」とクイン。「連中が見落としているとでも？」

「正確に言うと、俺たちが捜すのは抜け穴じゃない」ダンは答えた。「古い井戸さ」

「井戸？　もしかして生首が投げ入れられたという伝説の古井戸のことか」

クインの問いに、ダンは黙って頷いた。

「しかし、井戸は完全に埋められたはずだぜ」パットが言った。

「今でも埋まっているかどうか、それを確かめたいんだ」

「井戸の場所は分かっているのか？」クインが当然の質問をした。

「俺が知るわけないだろう」ダンは陽気に言った。「端からじっくり捜していくしか方法はない。だからあんたを呼んだんだよ、クイン。人手は少しでも多い方がいいからな」

クインは肩をすぼめてみせた。「なるほどね」

「狭い庭だと思っていたけど、捜し物をするとなると案外広いな」

裏庭の入り口に立ってダンはため息をついた。

「問題は、井戸が煉瓦の下にあるってことだ」とパットが憂鬱そうに言った。「井戸を見つけるには、煉瓦を全部剥がさなきゃいけない」

「いや。その必要はないと思う」ダンは言った。「井戸の上に敷かれた煉瓦は取り外せるようになっているはずだ。女は井戸を出入りしたとき、きちんと煉瓦を元に戻している。つまり煉瓦は簡単に動かせるんだ」

「なるほど」とクイン。

「煉瓦は漆喰《しっくい》で固定されている。だが、この庭のどこかに漆喰の色が他と違っている場所があるはずだ」

「よし。分かれて捜そう」

パットとクインが霧の中へ消えていった。ダンは入り口まで戻ってそこから煉瓦を調べていくことにした。

漆喰の色が変わっている場所を見つけたのはダンだった。

裏庭の中央からやや奥へ行ったところで白い漆喰の質感が周囲と微妙に異なっているのに気がついた。顔を近づけてみると、漆喰ではなく、細かい砂が煉瓦の隙間に敷き詰められていた。ダンは指で砂をつまみ上げて指先をこすりあわせた。非常に粒子の細かい砂粒の感触が伝わってきた。

ダンは顔を上げてパットとクインを呼んだ。

「見つけたのか?」

駆け寄ってきた二人にダンは指先の砂を見せた。

「これは海の砂だ。水分を与えると固くなるから煉瓦を支えることができる」

「なるほど、考えたな」クインは言った。「ここは湿気がひどいから一度濡らせば簡単には乾かない。かなりの日数をごまかすことができるわけだ」

「ここを見ろよ」ダンは指先でぐるりと円を描いてみせた。「この部分の煉瓦が大きな蓋のように一緒に持ち上がるようになっているんだ。ほら、蓋の周りだけが漆喰から砂に置き換わっている」

「どうする?」パットが言った。

「ここまで来て止められないだろう」ダンは笑った。

「そうこなくちゃな」パットが不敵な表情で頷いた。

「砂を取り除けば、煉瓦を持ち上げることができそうだ」クインが片膝をついて地面を観察しながら言った。

「よし、やろう」

素早く周囲を見回してひとけがないのを確かめると、三人は指先で砂を掻き出していった。時計がないので正確な時間は分からないが、額や首すじに相当の汗をかいた頃、ようやく蓋のまわりの砂を取り終えた。

「これくらいでいいだろう。ちょっと引っ張ってみよう」

ダンは両手の指をしっかりと煉瓦の縁にかけて指先に力を込めた。他の二人も加わった。煉瓦はしばらく微動だにしなかったが、やがて抵抗を諦めたらしくゆっくりと持ち上がり始めた。

蓋を取りのけると、人ひとりがやっと通り抜けられるくらいの大きさの穴が出現した。

三人はしばらく無言のまま穴を見下ろした。

ダンは用心しながら穴の中を覗き込んだ。暗闇の底から饐《す》えた風が吹き上げてきて鼻の奥に黴《かび》臭い匂いを押し込んでいった。

地面から数メートルの深さまではぼんやりと見えたが、その先は漆黒の闇だった。

「女はここを通ってきたんだな」パットが呟くように言った。

「ああ、間違いない」ダンは頷いた。

「深いのかな?」パットがダンを振り返った。

「確かめてみよう」

ダンは小さな石ころを手にとって投げ込んでみた。小石はあちこちにぶつかりながら落下していった。かなりの時間が経過したのち、石が穴底の水に到達した音が聞こえた。

「こいつは相当深そうだ。縄ばしごかロープを用意しないと無理だろう」

「ロープか……」パットは呟いた。「サムに頼めば用意してくれるだろうが、何に使うのか訊かれたら困るな」

「それは俺がやるよ」ダンは親指で自分を指した。「詐欺師の意地にかけてもサムは俺が煙に巻いてやる」

「それに明かりがいるな。よし。そっちは俺に任せてくれ」パットが言った。「木工室で松明《たいまつ》をつくるよ。細く切り揃えた木ぎれを束にして油を染みこませればいい」

「じゃあ、決行は今度霧が出た日だ。いいな?」とダン。

パットは黙って頷いた。

ダンはクインを見た。

「クイン。あんたも一緒に来るだろう?」

「有り難いが、私は遠慮しておく」クインはきっぱりと言った。

「殺し屋を恐れているのか?」ダンは訊いた。「だけど殺し屋はあんたが脱獄するなんて夢にも思っていないはずだ。連中が脱獄の報せを聞く頃には、あんたはとっくに奴らの手の届かないところに逃げおおせているよ」

クインが何か言おうとするのをダンは押しとどめた。

「まあ聞けよ。殺し屋があんたの居場所を正確に突き止めたのは、あんたが船や汽車を使ったからだ。だから連中はあんたの足取りを追うことができた。だけど俺には色んな仲間がいる。逃亡者をまったくの秘密裏にこの世のどこへでも運んでくれる仕事をしている男を俺は知っているんだ。モグラという綽名《あだな》の男だ。モグラにあんたのことを頼んでやる。奴に任せれば絶対に安全だ。俺が保証する」それから急いで付け加えた。「もちろん金の心配はいらない。俺はモグラに幾つも貸しがある。そのうちのひとつを返してもらうだけだ。奴だって借りが減って喜ぶだろうよ」

クインはしばらくのあいだ、瞬きをしながら黙ってダンを見つめていた。

「これほど親切な誘いを受けたのは初めてだ」やがてクインは静かに言った。「断らなければならないのが大変に残念だ」

「なぜだ?」ダンは訊いた。「それほど殺し屋が怖いのか? チャンスは一度しかないんだぞ」

「ダン。放っておけよ。こいつがどうなろうと俺たちには無関係だ」とパット。

「彼の言う通りだ」クインが穏やかに言った。

「なぜだ?」ダンはもう一度訊いた。

クインはため息をついた。

「私がここを逃げ出さないのは、どこへ逃げても無駄だからだ。私はもうすぐ殺されるだろう。もちろん例の殺し屋などにではない。殺し屋よりもっと恐ろしい相手に追われているんだ」

「もしかして」ダンは鋭く訊いた。「あんたが言っているのは、ジャックを殺した女のことか?」

パットが息を呑むのが分かった。

「そうだ」クインは淡々と答えた。

「驚いたな……」ダンは掠れた声で呟いた。「あんたが女の正体を知っていることは感づいていたけど、まさか、女の目的があんただとは思わなかった」

「あの女は、何者なんだ?」パットが不思議そうに訊いた。

「霧が晴れてきたようだよ」クインがパットの肩を叩いて言った。

話に熱中しているあいだに雲が吹き払われて陽光が射し始めていた。乳白色のベールが少しずつ透明度を増していき、それにつれてゆっくりと視界が広がっていく。

「どうやら話さないわけにはいかないようだ」クインが言った。「だが、その前に煉瓦を元に戻そう。万が一、この有り様を誰かに見られたら私たちは終わりだ」

VIII

「私が美術商だということは、以前、話したと思う」

例の陽の当たらないベンチでクインは静かに話し始めた。ダンとパットは彼の両脇に座って耳を傾けた。

巡回中の看守がちらりとこちらを見たが、そのまま通り過ぎていった。

「ひとくちに美術商といっても扱う品は実に多岐にわたっている。絵画を扱う者、宝石を扱う者、骨董品を専門にしている者、もちろん、盗品や贋作を扱う者もいる。私は世界中でただ一人特別な品物を扱っていた。——人魚だ」

「人魚……?」パットは口ごもった。「つまり、人魚の置物とか、絵とか、そういうものを?」

クインは首を振った。

「いや、本物の人魚さ」

パットがダンの方を向いて目を剥いた。駄目だ、頭がおかしいぜ、こいつは、という眼差しだった。

「あれは架空の生き物じゃないのか?」ダンは穏やかに訊いた。

クインは微笑した。

「ほとんどの人はそう思っている。他ならぬ私自身も、同業者から人魚の売買の権利を譲り受けるまでは、人魚の存在など信じていなかった」

「人魚をペットとして売っていたという意味なのか?」ダンは首を傾げて訊いた。「犬や猫のように」

「そうじゃない」クインが真面目な口調で訂正した。「人魚が哺乳類《ほにゅう》なのか、魚類なのか、そのどちらでもないのか、私は知らない。興味はあるが、どんな文献にも人魚の生物学的分類は載っていないからね。ただ、彼らは人間に勝るとも劣らない知能を持っている。だから人間が彼らを飼い慣らすのは不可能だし、そもそも捕まえることさえ困難だろう」

「しかし捕まえなければ、売買できないと思うが」ダンは指摘した。

「その通りだ。私が扱っていたのは、生身の人魚ではなくて、通称、『眠り姫』と呼ばれる状態の人魚なんだ」

「眠り姫……?」

ダンとパットは声を揃えて訊き返した。

「そう。『眠り姫』を初めて見たときのことは今でもはっきりと憶えている。十年以上も前のことだ。学生時代に私はロンドンのあるギャラリーで働いた。そこのオーナーがドクター・トーマスだった。ドクターの異名をとるだけあって、彼は絵画や美術品の修復に天才的な腕を振るっていた。彼のもとにはヨーロッパ中から修復の依頼が殺到した。私が出会ったとき、彼はすでに六十に近い歳で、莫大な財産を蓄《たくわ》え、望む物はすべて手に入れてしまった、そんな印象を与える男だった。彼は妻も子供も持たず、セントバーナードのニックと十七世紀に建てられた屋敷に暮らしていた。

理由は分からないのだが、トーマスは私に目をかけてくれた。そして彼に誘われるまま、大学を出ると、彼のギャラリーに就職して助手として働き始めた。

彼と一緒に仕事をするうちに私は、彼が一人きりで行う秘密の仕事を持っているのに気づいた。ギャラリーの奥まった一角にトーマス以外は入室禁止の部屋があった。そして地下の倉庫にも彼専用の部屋があった。その地下倉庫には専用のエレベーターが付属していて、裏のシャッター付きのガレージから荷物を誰にも見られずに運び込むことができるようになっていたんだ。地下の倉庫とギャラリー奥の部屋も専用の階段で繋がっているようだった」

「なにやら曰《いわ》くありげな男だな。あんたのボスは」パットが言った。

「たしかに。彼の陰の部分には少なからず好奇心をそそられたが、私はギャラリーの運営を任されていたし、トーマスが少しずつ伝授してくれる修復の技術をマスターするので精一杯だった。あの時期は寝食も忘れて働き、彼と一緒にヨーロッパ中を飛び回ったよ。それでも折に触れて彼の秘密の仕事について訊ねてみたけれど彼は笑って答えなかった。ただ、彼は時機が来たら君にその仕事を引き継いでもらうつもりでいる、と付け加えるのを忘れなかった。私は彼が秘密を打ち明けてくれるのを楽しみに待つことにした。

それから数年の後に私は友人と二人で独立した。仕事が軌道に乗り始めた頃、トーマスから連絡を受けた。久しぶりに会った彼は驚くほど衰えていた。彼は死病に冒されているのだと私に告げた。あと一年も生きられないだろうとも。

トーマスは言った。君に私の例の仕事を引き継いでもらいたいのだ、と。私は了承した。仕事が順調過ぎて少しばかり退屈さえ感じていたからだ。

私はトーマスと一緒に地下にある彼専用の部屋に初めて足を踏み入れた。そこに彼女がいたんだ」

クインはため息をついた。

「そのときの衝撃をどう言えばいいのだろう……。私は最初、人魚の像だと思った。非常に精密な人魚の人形なのだと。彼女は透明な膜のようなもので覆われていた。ほんの僅《わず》かに青みがかった艶やかで透明な膜だ。だが、それは水晶でも硬質プラスティックでもない、金属としか思えない質感を放っていた。

私は像をもっとよく見ようと近づいた。そして横たわった彼女の顔を覗き込んだ瞬間、私は彼女のあまりの美しさに息を呑んだ。いや、決して完璧な美貌ではなかった。目と目のあいだがほんの僅かに離れ気味だったし、くちびるだって少し大きすぎるかもしれない。だがそんなことは問題ではなかった。どうでもいいんだ。彼女はこれ以上ないくらい愛らしいくせに肉食獣の野性味を併《あわ》せ持っていた。無垢《むく》の少女性を内包しながら邪悪な雰囲気をも漂わせていたのだ。

気がつくと私は彼女の首すじにくちびるを押し当てていた。ほっそりとしたうなじを、繊細な肩のくぼみを、そして小ぶりの乳房を、私はゆっくりと堪能した。指先で彼女の流れるような長い髪をいつまでも飽かずにもてあそんだ。彼女の肌を覆っている膜の、極上の磁器も遠く及ばない滑らかな触感に、何度も身震いをした。何より彼女を愛しているあいだ中、私を優しくくすぐり続けた、この喩えようもない芳香はどうだろう！

ようやく我に返ったとき、とっくに夜が明けて朝になっていた」


クインは振り返るとトーマスの姿を捜した。トーマスはソファにもたれてこちらを見ていた。

「クイン。それは人魚だ。そして生きている。私は『眠り姫』と呼んでいる。私が見つけたときから、彼女は眠っていた」

「……どこで見つけたのです、トーマス」

それだけを訊くのに、クインは途中で二度も呼吸を整えなければならなかった。彼女を愛しているあいだ、息をするのを忘れていたかのようだ。

「死海の洞窟だよ」

「生きているんですか、彼女は？」

「間違いなく生きている。おそらく仮死状態なのだろう。彼女の体を覆っている透明な膜は彼女自身が分泌したものだ。だから乾燥した環境でも大丈夫なのだ」

「いつ、見つけたのですか」

「私が三十六のときだ」

「何ですって?」

「つまり、三十年前だ」

「三十年間も、この状態でいるのですか?」

「おそらく私が見つけるもっと以前から、こうだったに違いない」

「しかし、どうして? 何のために?」

「それは分からんよ。なぜ彼女が仮死状態を保《たも》っているのか、いつまでこうしているのか、いつ目覚めるつもりなのか、私には分からない」

彼女の体に傷は見あたらなかった。病気なのだろうか? だが、彼女のうっとりと夢を見ているような寝顔から判断する限り、病気だとは思えなかった。

「彼女の名前は、何て言うのです?」

「おいおい。私が知るわけがなかろう。彼女が目覚めることがあったら訊ねてみるといい。もっとも人魚に名前があるのかどうか想像もできないがね。言っておくが、彼女だけがそういう状態になっているわけではない。私が彼女を見つけたとき、彼女のそばに同じように眠る人魚たちが三人いた」

「本当ですか」

「それだけじゃない。私はそれ以来、時間を捻出《ねんしゅつ》しては人魚を捜して世界の果てまで踏破《とうは》した。私がこの三十年間で見つけた『眠り姫』は百体近くになる」

「そんなに？」クインは驚いた。

「ニックのおかげだよ」トーマス老は愛犬の頭を撫でながら言った。「こいつは『眠り姫』の芳香を世界の誰よりも正確に嗅ぎ当てるのだ」

「見つけた人魚たちは？」

「うん。五十体ほどはこの倉庫に運び込んだ」

クインは倉庫を見回してみたが、彼女以外に人魚の姿はなかった。

「彼女たちは今、コレクターのところにいる」と老人は説明した。

「売ったのですか？」

「金のためにではない。本当に美を理解する顧客だけを厳選して譲ったのだ」

「まさか彼女まで売るつもりじゃないでしょうね？」

「彼女は売り物ではない。もっとも君が所望するなら譲ってもいいがね」

「本当ですか！」

クインは思わず叫んだ。彼女を手に入れることができるのなら、すべてを手放してもいいと本気で思った。

「最初からそのつもりだったんだよ、クイン」トーマスは微笑した。「私は君を後継者にしようと決めていたのだ」

トーマスが亡くなったあと、クインは彼の仕事を引き継いだ。クインが手始めに行ったのはトーマスが見つけていた五十体の『眠り姫』を回収することだった。この作業にはかなりの時間を要した。彼女たちは世界中に散らばっていたし、地下倉庫には十体ほどしか置くことができない。そこでクインは優先順位をつけた。誰かに発見される心配のある人魚から持ち帰ったのだ。

クインがトーマスの仕事を引き継いだことを聞き及んだコレクターたちは熱烈なアプローチをかけてきた。彼らは『眠り姫』に惚れ抜いていた。トーマスが言った通り、彼らは優れた美的鑑賞眼の持ち主だった。同時に彼らは大変な財力の持ち主でもあった。彼らが電話をかけてくる度に提示額は上昇した。彼らは当たり前のように三百ポンドから交渉を始め、すぐに六百ポンド、九百ポンドと値をつり上げた。特別に彼らの気前がいいわけではない。『眠り姫』にはそれほどの魔力があったのだ。

クインはきれい事は言わなかった。コレクターたちに精一杯高く売りつけた。クインがまとめた『眠り姫』の最低売価は千ポンド。最高額は二千ポンドだった。もちろん秘密裏の取引である。人魚を売買していることをクインもコレクターたちも公《おおやけ》にはできない。クインは数体の『眠り姫』を売っただけで億万長者になった。言うまでもなく、この売買で得た金額には税金はかからない。ギャラリーの中で『眠り姫』の存在を知っていたのは共同経営者のピート一人だった。

見知らぬ人物から一通の手紙が舞い込んだのは、みぞれの降る寒い朝だった。

手紙を一読したクインは驚愕した。差出人は『眠り姫』の購入を希望していたのだ。いったい誰から聞いたのか、とクインは狼狽した。当局のおとり捜査ではないかとさえ疑った。しかしクインは手紙を丸めて屑籠に放り込むことができなかった。その人物が提示してきた条件があまりに魅力的だったからだ。驚くなかれ、記された希望額は二千五百ポンドだった。十日後、再び手紙が送られてきた。提示額は三千ポンドになっていた。

クインは危険を承知で手紙の住所を訪ねた。

北部イングランドの崖の上に立つ古い城で、クインは手紙の主に会った。

七十はとうに超えていると思われる老紳士はファブラン伯爵と名乗った。家系図は遠く十一世紀のノルマンディ公ウィリアムの時代にまで遡《さかのぼ》るという。ファブラン卿は九百年続く貴族の末裔に相応《ふさわ》しい容姿の持ち主だった。若い頃はさぞ美男子だったであろう老人の面立ちは、上流階級の品の良さよりも、むしろ風雨に晒《さら》された岩肌のような厳しさを強く感じさせた。不思議な香りを漂わせた肩幅の広い体軀は、今では車椅子に委ねられていたが、ほとんど瞬きをせずにクインを睨みつけるその双眸は、内面の強靭な意志を余すところなく解き放っていた。節くれ立ってはいるがピアニストのように長い指を厚い膝掛けの上で組み合わせて、ファブラン卿はきびきびと用件を切り出した。

伯爵は、クインが持っている人魚をすべて買いたいのだと言った。

「その条件を吞むなら、一体あたり三千五百ポンド出そう」

クインはトーマスから譲り受けた一体を除いて、四十三体の『眠り姫』を所有していた。つまり、彼と契約すれば十五万ポンドがそっくり手に入ることになるのだ。

ただし、と伯爵は言った。

「残念ながら現金で払うことはできない。その代わり、わしの先祖が代々集めてきた品物で払いたいが、どうだ」

伯爵は邸内のあちこちに飾られたコレクションをクインに見せてまわった。

内心、没落貴族の家宝の値打ちのほどを怪しんでいたクインだったが、ひとつひとつ眺め、手にとっていくうちに、体が内側から火照《ほて》り始めるのを感じた。

どれもこれも掛け値なしの至宝だった。

世界中のどの博物館が所有しているものよりも美しい古代オリエントの金貨や銀貨、ため息が出るほど見事な中世イタリアの銀細工の装飾品。古代から近代までを網羅した稀少な美術品と宝石類。そのすべてを現代の価値に換算すれば間違いなく三十万ポンド以上に相当した。

クインは伯爵と契約を結ぶことにした。

IX

「私が『眠り姫』を残らず伯爵に売る契約を結んだことを知ったコレクターたちは激高した。彼らは私を裏切り者だと口を極めて罵《ののし》った。中には、このままでは済まさない、必ず後悔することになるぞ、と脅迫めいた台詞を口にする者もいた。

私は彼らの脅しを聞き流した。コレクターたちは地位も名誉もある名士ばかりだ。実力行使に及ぶことはあるまいと高をくくっていたのだ。

だが、私は事態を甘く見ていた。彼らの『眠り姫』への常軌を逸した愛情を。そして、『眠り姫』がそれを眼にした者に麻薬的ともいえる所有欲を生じさせることを。それは私がこの身でしかと経験したことだったのに……。

それどころか、私は共同経営者のピートのことさえ理解していなかった。私はピートを信頼していた。ピートは私のただ一人の親友で、私は彼の人間性を充分に把握しているつもりだった。まさかピートが会社の資金を根こそぎ持って姿を晦《くら》ますなど、私は想像もしていなかったんだ。

ピートが殺されたのはリヨン郊外の林の中だった。私はヨーロッパから逃げ出せば何とかなると思っていたんだが、コレクターの差し向けた殺し屋はどこまでも追ってきた。北米から南米へ、そしてアジアへと私は逃げ続けた。

彼らは実に執拗だった。私は何度も襲撃され、何度も危うく命を落としかけた。今振り返っても生き延びることができたのは僥倖《ぎょうこう》以外のなにものでもない。

そうやって逃げ回っているうちに、私は奇妙な事態に気がついた。殺し屋たちの他にもう一組、私をつけてくる連中がいるんだ」

「あんたも色々な筋から恨みを買ったものだな」ダンは呆れて言った。「それとも警察かね？」

「人魚だ」

ダンは腕組みをしてクインに訊いた。「あんたの前に人魚が現れたのか？」

「いや、姿は見ていない」クインは言った。「だが見なくても分かる。これはあまり知られていないことだが、生身の人魚には猛烈に生臭い体臭がある。だから彼らが近くに来ただけで魚の鱗を口いっぱいに詰め込まれたような気分になる」

「へえ。人魚ってそんなに臭いのか」パットが意外そうに言った。

「それほど匂いの強い人魚をよくギャラリーの倉庫に隠しておけたものだな」ダンは疑問に思った。「ドアの隙間から匂いが漏れ出して周囲に気づかれることはなかったのか」

「その点は心配ない。『眠り姫』になれば問題はないんだ。さっき話した通り彼女たちは皮膚から透明な分泌液を出して全身を覆っている。そうすると完全に生臭さが消えてしまう。それどころか微かな芳香すら漂う。実に不思議な生態だよ」

芳香を漂わせて眠り続ける絶世の美女か。大勢の男どもが彼女に運命を狂わされたのも不思議ではなさそうだ、とダンは思った。自分はごめんだが。

「逃亡の先々で――ニューヨークの雑踏で、サンパウロのホテルのロビーで、ヨコハマの教会で、そしてニューデリーの四つ辻のあらゆる物の匂いが混ざった空気の中で――私は何度も人魚がそばにいるのを感じた。そして彼らの匂いを感じた直後、必ず私の身に危険が降りかかった。これは事実なんだ。

理由は言うまでもないだろう。静かな眠りについている彼らの仲間を私は無断で持ち出して売り払った。彼らは私に復讐しようとしているのだ」

「なるほど」

「私が警察に出頭したので、人魚たちはいったんは私を見失った。しかし彼らは諦めなかった。とうとう私の居場所を突き止めたようだ」

「そして人魚が面会しに来たってわけか」とパット。「だけど、どうして人魚はあんたじゃなく、ジャックを殺したんだ?」

「私を捕まえる前に、ジャックに見つかってしまったんだと思う」とクインは言った。

「目撃者は消せ、ということか」ダンはため息をついた。「しかしジャックを殺したあとも人魚はあんたのところに現れなかった」

「たぶん、予想以上に早くジャックが発見されて大騒ぎになったので、出直すことにしたんだろう」クインが答えた。

「人魚があんたを狙う理由が仲間を売買されたことに対する復讐だとするなら」ダンは訊いた。「伯爵やコレクターたちも同罪じゃないか。連中は人魚に殺されなかったのか?」

「いや、今のところ彼らは無事だ」

「あんただけが狙われるのはどうしてなんだろう」ダンは言った。

「『眠り姫』の居場所を知っているのが私だけだからだろう。私を殺せば、これ以上『眠り姫』が持ち去られる心配はなくなる」

「なるほど」

「それに、人魚は自分たちの存在を公にしたくないと思っている。コレクターも伯爵も『眠り姫』を所有していることを秘密にしているが、彼らに危害を加えれば、恐怖に駆られた彼らの口から秘密が漏れる可能性がある。人魚はそれを恐れたのだ」

「それほど俺たちが怖いかね」パットが納得できないように言った。

「そりゃ怖いさ」クインは言った。「我々人間が、これまでにどれほど多くの生物を絶滅に追いやったかを知っていれば、数の上で圧倒的に少数の人魚が我々を恐れるのは当然だよ」

X

三人はベンチに並んで風に吹かれながら、それぞれの物思いに耽《ふけ》った。

「なあ、クイン」ダンは話しかけた。「あんたが子供の頃に聞かされた人魚の伝説はどんな話だった？」

「そうだな。船乗りのあいだに伝わる話かな」クインが答えた。「人魚の歌声に聞き惚れているうちに、船は浅瀬におびき寄せられて座礁《ざしょう》してしまう」

「俺も一番よく憶えているのはその話だよ」ダンは言った。

「アンデルセンの人魚姫の童話なら、ガキの頃に読んだことがあるぜ」パットが言った。

「お前が読書家だとは知らなかったな、パット」ダンはおどけてそう言うと続けた。「それなら『眠り姫』の伝承はどうだ？　人魚が自らを仮死状態にして深い眠りにつく――そんな話を聞いたことがあるか？」

パットは首を振った。「いいや。今日初めて聞いたよ、『眠り姫』だなんて」

「クイン、あんたはどうだ？」

「私も知らなかったよ」クインは認めた。「トーマス邸の地下倉庫が初対面だ」

「つまり、俺たち全員が知らなかった」ダンは言った。「俺とパットはろくに学校にも行ってないからあまり当てにはならないが、あんたが初耳だったのなら、少なくとも『眠り姫』は人口に膾炙《かいしゃ》していないと考えていい」

クインは真剣な表情でダンの言葉に耳を傾けていた。ダンは先を続けた。

「もしも『眠り姫』が一体しかないのなら、突然変異とか、そういう類《たぐい》の極めて稀《まれ》な現象なのかもしれない。だが『眠り姫』は百体もいるんだろう？」

「トーマスが見つけた分だけで、だ」とクイン。「実際はもっと多く存在するだろう」

「つまり、『眠り姫』になるのは、人魚たちにとってはそれほど珍しいことではない。そう考えてもいいよな？」

クインがゆっくりと頷いたので、ダンは質問を重ねた。

「訊きたいんだが、『眠り姫』がいたのは、それほど発見が困難な場所だったのか？　たとえば大地震などで海底がひっくり返らないかぎり、絶対に見つけることができないような、そういう場所に彼女たちは眠っていたのか？」

クインは答える前に少し考えた。

「簡単には見つけられない場所だ。しかし、トーマスがたった一人で百も発見したのだから、コツさえ摑めばさほど難しくはないと思う」

ダンは頷いた。もしかすると、自分の思いつきは案外、正鵠《せいこく》を射ているのかもしれない。

「もうひとつ訊きたいことがある。古い時代には頻繁に目撃されていた人魚が、なぜ近代に入ると急に人の目に触れなくなってしまったのか。それが空想上の生き物ならば話は分かる。たとえばドラゴンやケンタウルスならば。だが人魚は実在の生物だ。そうなんだろう、クイン?」

クインは頷いた。「もちろん人魚は存在する。私は人魚のおかげで億万長者になり、今度は一文無しになってこうしてベンチに座っているのだから」

「実在している人魚が、なぜ目撃されなくなったのか」ダンは繰り返した。

「君なら、どう説明をつける?」クインが訊ね返した。

ダンは鼻の頭を掻いた。「色々と考えてみたが、俺にはひとつしか思いつかなかった。この数百年で人魚の数があまりに減少してしまったので人間の眼に触れなくなったのだ、としか」

クインが大きく目を見開いた。しばらくじっとダンを見つめていたが、やがて小さく頷いた。

「——君も、そう思うかね」

「単なる想像だ。本当のところは分からない」ダンは言葉を切って鼻を啜《すす》った。

「君が想像した通り、人魚が種の滅亡に向かっているとしたら、彼らはどうするだろうか」クインは興味深げに訊いた。

「そうだな……。もしも個体数が減少し続けて、パートナーを見つけることさえ困難な状況になったとしたら、人魚は生き方を変えざるを得ないだろうな。生き延びるために」

「同感だ。それが『眠り姫』の誕生した理由だろう」クインが言った。「彼女たちは同世代の男がいない環境で空しく歳を重ねるのを恐れた。そこで彼女たちは〝時間を凍結〟することにした。仮死状態になって全身を透明の膜で覆う。そして芳香を放った。あれは人魚の男に自分の存在を知らせるためのシグナルなのだろう。男の人魚が『眠り姫』に触れれば彼女たちは目を覚ますのかもしれない。それは少しでも効率よく相手を見つけて子孫を残すための彼らの精一杯の適応だった。ところがトーマスと私が『眠り姫』に美術品としての価値を見いだし、人魚の男が見つける前に片っ端から運び去ってしまった。大げさではなく人魚たちは種族存亡の危機に立たされたわけだ」

クインは自嘲めいた笑みを頬に浮かべた。

「かくて、私は人魚から八つ裂きにされても飽き足らないほど憎まれることになった」

「いつ、そのことに気がついたんだ?」ダンは訊いた。

「ニューデリーの安宿の一室でだ。殺し屋と人魚に追われて世界中を逃げ回っている最中だ。そのことに思いが至ったとき、私はこれ以上逃げるのを諦めた」

パットが口の中で小さく唸《うな》った。すげえ、と呟いたようだった。

「さあ、これが私が君たちの誘いを断った理由だ」クインはさばさばした表情で言った。覚悟を決めた人間の顔だった。「納得してもらえたかね」

ダンは微笑みを返した。

「少し、俺の考えを述べてもいいかな、クイン？」

怪訝《けげん》そうに見返すクインに、ダンは言った。

「人魚はとても頭がいい。そして恐ろしく強い。拳銃で武装した看守を一撃で斃《たお》すことができる。その人魚があんたを殺すつもりなら、あんたはとっくに死んでいる」

クインは黙って首を振った。

「あんたは何度も殺し屋に襲われた。そして、その度に襲撃をかわして逃げ延びた。妙だとは思わなかったのか。あんたを襲ったのはプロの殺し屋だ。大金を抱えて高飛びした共同経営者をあっさり捕まえて殺した凄腕だ。その殺し屋があんたの殺害になると何度も失敗している」

「何が言いたいんだね」

「殺し屋があんたを殺そうとする度に邪魔が入ったのかもしれない」

「まさか」クインは苦笑した。「私には味方など一人もいない」

「そうかな。たとえば、あんたのそばには人魚がいた」

「馬鹿な。私が人魚に恨まれているのは、君も認めたはずだ」

「たしかに人魚はあんたを恨んでいるだろう。だけど、俺は、人魚は最初からあんたを殺す気などなかったと思っている」

クインはまじまじとダンを見つめた。「どうしてかね」

「人間が『眠り姫』に美術品としての価値を見いだしている以上、あんたを殺しても、第二、第三のクインが出現するのは明らかだからだ」

クインは何か言おうとしたが、結局、口をつぐんでしまった。

「それよりも、と彼らは考えた。あんたが『眠り姫』を集めて売るのは単に金儲けのためであって、人魚の繁殖の邪魔をしたいわけじゃない。ならば、あんたが売り出した『眠り姫』を人魚が買い戻せばいい。発想の転換だ。それに、その方法をとれば、世界中に散らばった『眠り姫』を捜し出す手間も省ける。人間が自分たちに代わって集めてくれるのだから、人魚にとっては一石二鳥だ」

「……まさか」クインは青ざめた。「まさか……ファブラン伯爵がそうだと言うんじゃないだろうな」

「たしか」とダンは言った。「伯爵は車椅子に乗っていた。ファブランの足はもちろん見たんだろうな」

クインは苦しげに目を閉じた。

「……伯爵はひどいリューマチだから冷やすといけないと言って、いつも膝に厚い毛布を掛けていた。毛布は足の先まで……すっぽりと覆っていた」

「伯爵は足を見せたくなかったのかもしれない」ダンは言った。

クインは答えなかった。いつのまにか額にうっすらと汗が浮かんでいた。

「決定的なのは、伯爵が常識はずれの高値をつけて競争相手を締め出し、『眠り姫』を残らず買い占めたという事実だ。先祖が残した美術品で買い物をするなら、金額を交渉して支払額を可能な限り抑えようとするはずだ。だが、伯爵は惜しげもなく貴重な財産を売り渡した。俺には伯爵の振る舞いがどうしても納得できなかった」

「いや、君は間違っている。あの財宝こそ、ファブラン卿が本物の貴族だという証《あかし》だ」クインが弾かれたように両眼を開いた。「いいかね。人魚にはあれだけのコレクションは絶対に用意できない。美術商として断言できるが、伯爵が所有していた財宝は、どれもその時代でなければ手に入らないものばかりだ。現代ではどれほどの対価を払っても、あのコレクションを収集するのは絶対に不可能だ。それとも、君はあくまでも収集できると言い張るつもりかね？」

ダンは腕を伸ばして気持ちよさそうに目を細めた。

「思うんだが、長い人類の歴史の中で、これまでにどれほど多くの船が、嵐や、座礁や、海賊の襲撃などで海の藻屑《もくず》と消えたんだろう。そして、それらの船には、いったいどれほどの貴重な財宝が積まれていたのか……俺には想像もつかない。深い海の底に沈んだ積み荷に人間は近づくことさえできない。深海の沈没船の財宝を手にすることができるのは、たぶん――」

ダンは言葉を切ってクインを見つめた。

クインは俯《うつむ》いて膝の上で握りしめた手をじっと見ていた。かつては繊細そのものであったはずの、そして今はすっかり荒れてしまった手を。

運動時間の終了を告げるベルが鳴り響いた。

束の間の休息を終えた囚人たちが、ぞろぞろと独房へ帰っていくのが見える。

「人魚がジャックを殺したのは、あんたをジャックから守るためだったんだ。もしかすると、あの抜け穴も、あんたを逃がすために用意したのかもしれない」ダンは優しく言った。「もう人魚を恐れる必要はないんだ。それなのに、まだここに留まるつもりか、クイン？」

それでもクインは俯いたまま答えなかった。

ダンは小さく肩をすくめると、パットを促して立ち上がった。

数歩、歩いたところで後ろから名前を呼ばれた。振り返ると、クインが気まずそうな、しかしどこか吹っ切れたような顔で歩いてきた。

「……分かったよ。君の勝ちだ」

クインは握りしめていた唯一の財産を、ダンとパットの手の上に落とした。銀貨が放つ一点の曇りもない光沢を目にすると、まるで二千年の時空を飛び超えて手の中に出現したような気がした。ダンはこの銀貨を見ていたせいで、人魚の存在をすんなりと信じることができたのだ。

「なんて綺麗なんだ」パットが思わず歓声を上げた。「これも人魚が海底から拾ってきたものなのか？」

「古代ギリシアのドラクマ銀貨だ。たぶん」クインは微笑んだ。「地中海産だ」

パットは口笛を鳴らすと、愛情のこもった仕草でクインの腹をなぐるまねをした。

「足手まといになるなよ、相棒」

「努力しよう」クインが生真面目に答えている。

二人のやりとりを眺めながら、ダンは銀貨をくちびるに当ててみた。

想像でしか知らない地中海の風が吹いてくる気がした。

エピローグ

ベイジル・パーカー博士は、古めかしいホテルのバーで僕を待っていた。バーに入っていくと、カウンター席に博士の背中が見えた。博士とバーテンダー以外には誰もいない。博士の前にグラスに注がれたビールが置かれていた。

僕は黙って博士の隣に腰かけ、同じものを注文した。

「読みましたよ」僕は博士に言った。「遠慮のない感想を述べても構いませんか」

「もちろんだ。だが無粋な話を始める前に」パーカー博士はグラスを手にゆっくりと僕の方に体をひねった。「まずは乾杯といこうじゃないか」

僕たちは軽くグラスを合わせて、琥珀色の液体を口に含んだ。

「それで君は、どう思ったかね」博士が静かな口調で僕に訊ねた。

「まるで見てきたように書いてありますね」僕は言った。

「その通りだ」と博士は言った。「面倒を避けるため、私はわざと時代や場所をぼかしてこの小説を書いた。だが内容に関しては事実しか書いていない。そのことははっきりと言っておくよ」

「すると、こういう仮説が成立しますね」僕はグラスを置いて言った。「ローランドの正体はクインだと——」

パーカー博士はグラスを離さず、続けたまえ、と言った。

「ローランドの前半生が不明なのは、彼が脱獄囚だったからです。名前が違っているのはそのためです。彼はイギリスを脱出して大陸に渡った。きっとダンの言っていた〝モグラ〟が手引きしてくれたのでしょう」

博士は目を細めるように微笑《ほほえ》んだ。「それで？」

「ドイツに落ち着いたクインはローランドと名乗り、香水を売り出しました。〈ミラージュ〉は香りの素晴らしさと希少性で大変な評判を呼びます。彼は莫大な財を築き、社交界で引っ張りだこになった。しかし、そうすると無視できない疑問が出てきます」

「というと？」

「クインはかつてヨーロッパ中の貴族や富豪に『眠り姫』を売りつけました。当然、彼らはクインの顔を憶えているでしょう。彼らの縄張りである社交界に出入りすれば、ローランドがクインである事実が露見する危険があります。しかし現実には誰もローランドの正体に気づきませんでした。彼がクインではなかったからです」

「すると、彼は何者なんだろう？」博士がゆったりと訊ねる。

「ダンかパットのどちらかでしょう。脱獄囚でお尋ね者のクインには、この二人しか信頼できる相手はいません。私はダンだと思っています」

「なぜ、そう思うのかね」

「ローランドが美術に詳しい男だったからです。あの小説を読めば、ダンがそれなりの美術の知識を持っていることが分かります。金持ち相手の詐欺師だったダンは、そういう知識を身につけていた。パットではクインの代わりは務まりません」

「なるほど」と博士は頷いた。

「もうひとつ疑問に思ったのは、〈ミラージュ〉についてです。

クインは美術商でした。美術品の真贋《しんがん》を見抜く目を持ち、絵画の修復にも長《た》けていました。

しかし、クインが香水づくりの技術をマスターしていたという記述は小説のどこにもありません。おそらく香水に関しては専門外だったと思われます。すると彼はどこでその技術を学んだのでしょう。脱獄して以降のはずです。私は当時のヨーロッパについてほとんど知識はないのですが、逃亡中の犯罪者がまっとうな職人に弟子入りして学ぶことは不可能のように思えます。ではクインは独学で香水づくりのノウハウを身につけたのでしょうか。それもちょっと現実的ではありません」

博士は興味深そうに僕の話に耳を傾けていた。

「私は最初、〈ミラージュ〉は『眠り姫』の発する芳香を集めてつくっているのかと考えました。それならば〈ミラージュ〉が他の香水とはまったく違う種類の香りであることも、当時の調香師たちが、この香水は未知の材料でつくられていると断言したことにも納得ができます。

しかし〈ミラージュ〉の顧客もまた貴族や富豪たちです。彼らの中には『眠り姫』のコレクターもいたでしょう。〈ミラージュ〉が『眠り姫』と同じ香りなら、香水の販売にクインが関わっていることがたちまちばれてしまいます。だから〈ミラージュ〉の香りは『眠り姫』の芳香とは別のはずです」

「ふむ。続けて」

「クインに香水をつくる技術がなかったとすれば、〈ミラージュ〉をつくりだせるのは人魚だけです。では、なぜ人魚たちは〈ミラージュ〉を生み出したのか。そのヒントも小説の中に書かれていました。生身の人魚には大変に生臭い匂いがあるそうですね。葡萄《ぶどう》荘に猫たちを招き寄せたのも、この匂いでしょう。だとすれば普通の香水ではとても隠しきれません。〈ミラージュ〉だけがそれを可能にしたんです。〈ミラージュ〉は香水ではなかった。人魚が自分たちの生臭さを消すためにつくりだした消臭剤です。当然、材料も製法も我々の香水とはまったく違っていた。だから調香師も〈ミラージュ〉を分析することができなかったんです」

「どうして人魚は自分の体臭を消さなければならなかったのかね」博士が静かな口調で訊ねた。

「おそらく人魚の中にも様々な考え方を持つ者がいたのではないでしょうか。人間と上手に共存していこうとする者と、たとえ滅ぶことになっても、これまで通りの生き方を貫《つらぬ》こうとする者と……。前者の人魚が〈ミラージュ〉をつくってクインと組み、そして後者の人魚が、クインが乗った船を海の底に引きずり込んだのかもしれません」

結局、クインも、ダンも、パットも深い海の底に沈んでしまった。引き取り手がいなくなったローランドの遺産は、百年以上も眠り続け、二十一世紀になってようやく峰原《みねはら》に見つけられたのだ。

「結構だ」パーカー博士は満足げに頷いた。「もう一杯、ビールを飲もうじゃないか」

新しいビールをしばらく黙って味わってから、僕は一番訊きたかったことを口にした。

「あの写真の女性が『眠り姫』なんですね？　クインがトーマスから受け継いだという……」

「そうだ。彼女だよ」博士が静かに言った。

「『眠り姫』がなぜ目覚めたのか……」と僕は呟いた。「もし彼女が男の人魚に触れられて目覚めたのなら、峰原は疑問には思わなかったはずです。だが彼女は暗い地下室で、たった一人で目覚めた。だから峰原はそのことを不思議に思ったんです」

「君の言う通りだろう」博士が頷く。

「なぜ、彼女は覚醒の条件を満たしていないのに、目覚めたのでしょうか？」

「おそらく……」博士が珍しく口ごもった。「男の人魚が死に絶えたからだ。男に出会う可能性がないのなら、もう『眠り姫』でいる理由もない。だから彼女は目覚めたのだろう」

そういうことだったのか……。彼女の顔に浮かんでいた表情が甦《よみがえ》った。彼女も薄々気づいているのかもしれない。もう二度と仲間に逢うことは叶わないと。

峰原はどう思っただろうか。勘の鋭い男だから、彼女の想像が当たっていると察したのではないだろうか。それでも万にひとつの可能性を求めて、僕に手紙を書き送った。最後まで諦めないのが彼らしかった。だが――。

目を閉じると、人魚を抱いて海への小道を下りていく峰原の姿が見える気がした。峰原は彼女を海へ放ち、そのまま飛行機でヨーロッパに向かい、彼女と再会したのだ。

「さて。そろそろ行かねばならない」博士が空になったグラスを置いて言った。「君と話せて楽しかったよ」

「私の方こそ。素晴らしい時間を過ごせました」

僕はお礼を述べながら、ふとあることに気がついた。

パーカー博士は、どうやってあの小説を書いたのだろうか。登場人物にインタビューすることが不可能な以上、クインたちの誰かが〈ウィリアム八世の監獄〉でのできごとを記録に残していなければならない。だが、果たしてそんなものが存在するのだろうか。仮に存在したとしても、手記は彼らと一緒に海の藻屑《もくず》と消えた可能性が大だ。博士に手記を読むことができたとはとても思えなかった。

やはりこの小説は博士の純粋な想像の産物なのだろうか。しかし、そうすると僕たちが葡萄荘の地下室で見つけた大量の香水をどう説明すればいい？　峰原家に伝わる不思議な遺言は？　真冬の葡萄荘に忽然と集まってきた猫たちは？　すべてを放り出してイギリスに行った峰原の行動は？　まったく説明ができないではないか。

「また、君とはどこかで会える気がする」

博士はそう言いながら、僕に手を差し出した。

「ええ、ぜひ」その手を握り返しながら博士の顔を見た。その瞬間、僕は思わず声を上げそうになった。どうして今まで気がつかなかったのだろう。博士の右目は、虹彩が萎縮《いしゅく》していたのだ。

僕は呆然と海洋生物学者の後ろ姿を見送った。まさか……博士はパットなのか？

だが、そんなことがありえるだろうか？

――ありえる。と僕は思った。一片の人魚の肉を口にしただけで八百年も生きたという、伝説の八百比丘尼《やおびくに》のように、パットも人魚を食べて永遠の命を手に入れていたとしたら……。

ふいに僕の頭の中に故郷の町並みが浮かんだ。

――霧の夜には何かが海から上がってくる……。

冗談めかして、しかし妙に真面目な顔で年寄りたちが語っていた何かとは、もしかすると……。

頭の中の映像は、霧の中で八木美紀《やぎみき》を待ち続けている男の顔に変わった。

男は腹部に刃物を突き刺され、谷底へ投げ落とされた。それでも彼は何事もなかったかのように町に戻ってきた。

なぜ彼は死ななかったのだろう？

あのとき僕は友人が殺人者ではなかったことに安堵《あんど》して、状況の不可解さを深くは考えなかった。しかし、冷静に考えれば男は間違いなく死んでいたはずだ。

彼もまた、霧の夜を彷徨《さまよ》う日々の中で、禁断の肉を口にしたのかもしれない……。

僕はどうかしてしまったらしい。次から次へと奇妙な妄想が湧き上がってくる。

では、去年の夏、少年たちと忍び込んだ町外れの廃工場は？

あのときは気づかなかったが、今思うと不自然なことに思い当たる。

国府《こくふ》さんは、操業を停止した工場を、なぜ売却せずに何年もそのままにしているのだろうか。

もし工場が借金を抱えて倒産したのなら、峰原家が葡萄荘の売却を決めたように、工場の跡地を売り払って借金の返済にあてるはずだ。国府さんの意向がどうであれ、債権者がそう要求するだろう。

しかし工場は打ち捨てられたまま、現在に至っている。つまり債権者はいないのだ。それなのに、なぜ国府良子《りょうこ》は工場を閉鎖したのか？

工場が閉鎖されたのは、経営不振が理由ではなかった。どんな製品をつくっていたにせよ需《じゅ》要《よう》はあったのだ。にもかかわらず操業を止めなければならなくなった。

たぶん僕の思い過ごしだろう。だが〈ミラージュ〉をめぐる状況と似ていないだろうか？〈ミラージュ〉は今も待ち望む人が多くいるのに、材料が手に入らないのでつくることができない。国府さんの工場も同じだとしたら……。たとえば工場でつくっていた製品に、どうしても人魚由来の成分が必要だったとしたら……。当然、製品の供給は不可能になるだろう。ではなぜ国府さんは工場を残したままにしているのか？　もちろん、いつか再開できるようにだ。

おそらく国府さんは知らないのだ。人魚が絶滅しようとしていることを……。

僕はあの工場で生産されていたのが食品添加物でないことを心から願った。そうでなければ、この数十年で日本人の寿命が飛躍的に延びたのは、医療の発達や食生活の向上ではなく、まったく違う理由だったことになってしまう。

いつのまにか首筋が冷たく汗ばんでいた。

僕はハンカチを求めてジャケットのポケットに手を入れた。指先が硬い瓶に触れた。〈ミラージュ〉だ。

ひんやりとした香水瓶の手触りに、僕の記憶は再び揺さぶられた。

甦ったのは、一昨年の晩秋、高瀬と二人で山道に迷ったときのことだ。

深夜の床屋で出会った奇妙な誘拐犯たち。大金を掠《かす》め取って逃亡した彼らが逮捕されたという報は未だに聞かない。

だが、そもそも三人は本当に誘拐犯だったのだろうか……。秋本《あきもと》という記者が僕たちにそう話しただけではないか。考えてみれば秋本氏が本当に記者かどうかも定かでない。たかが名刺一枚貰っただけである。

僕は頭がくらくらした。

お人好しの僕たちは三上《みかみ》氏の言葉を他愛もなく信じ込んだ。もし僕たちが三上氏の話に疑念を呈していたら、果たして僕たちは無事に下山できただろうか？

秋本氏と出会ったのは本当に偶然だったのだろうか？　彼が推理してみせたのは本当に真実なのだろうか？　もしも僕たちが彼の推理に納得しなかったら、どうなっていたのだろうか……。

あのとき、シャンプーしている僕たちの後ろを通って出て行った人物。

それは秋本氏が語ったように誘拐された女性だったのだろうか。

夏美《なつみ》はその女性と同じ香水をつけていたという……。

僕は手の中で強く〈ミラージュ〉を握りしめた。

僕が妄想に駆られているかどうか、はっきりさせる方法がある。〈ミラージュ〉の香りを確かめてみるのだ。もし〈ミラージュ〉が夏美がつけていた香水と同じなら、この世は僕の希望に反して不可解なできごとで溢れていることになる。もし違っていれば、すべては僕の考え過ぎだったというわけだ。

僕は心を決めると、〈ミラージュ〉の蓋を開け、ゆっくりと顔に近づけていった。

解説

千街晶之

短篇集を読む楽しみのひとつは、異なるタイプの小説を一冊の本で味わえることにある。だが、本書『夜の床屋』（二〇一一年三月に東京創元社から刊行された『インディアン・サマー騒動記』を改題）は、単に多彩な小説を楽しめるというだけの短篇集ではない。エピローグまで到達した時、読者は「今、自分が読み終えた小説は一体何だったのか」と茫然とするに違いないのだ。こんな途轍もないことを思いついた発想力と、それを成立させた構想力への感嘆とともに。

この驚きに満ちた一冊は、沢村浩輔のデビュー短篇集である。《ミステリーズ！》25号掲載のプロフィールと「受賞のことば」を参考にして略歴を記せば、著者は一九六七年、大阪府生まれ。阪南大学経済学部卒業。中学生の時に横溝正史の『本陣殺人事件』で本格ミステリの面白さに開眼し、いつか自分もミステリを書きたいと思いつつ、実際に執筆を開始したのは三十歳を過ぎてからだったという。二〇〇六年、本書に収録されている「『眠り姫』を売る男」で第三回ミステリーズ！新人賞の最終候補に残ったあと、翌〇七年、第四回同賞に応募した「夜の床屋」（《ミステリーズ！》25号所収。応募時のタイトルは「インディアン・サマー騒動記」）で受賞、デビューを果たしている。

「夜の床屋」は、大学生の「僕」こと佐倉とその友人の高瀬が、晩秋の山中で道に迷ったところから始まる。ようやく見つけた無人駅の周囲には、シャッターをおろした店ばかりが並んでいる状態だ。駅に泊まることにした二人は、夜の十一時を回った頃に不思議な光景を目撃する。さっきは閉まっていた駅前の廃屋のような理髪店が営業しているのだ。二人で訪ねたところ、そこには店主と娘がいて、何故こんな時間に店を開いているのかを説明された。二人は駅に戻って一泊したが、翌日、目が覚めて冷静に考えると理髪店の様子はどうもおかしかった……。

この作品が第四回ミステリーズ！新人賞を受賞した時の、三人の選考委員による選評を一部抜粋しておきたい。綾辻行人は著者の前年の候補作と比較しつつ「日常密着型の展開と奇妙な謎の提示。『眠り姫』と同じ人が書いたとはとても思えない風情の作品で、こういった驚きはまずもって好もしい。書き手の抽斗《ひきだし》の多さを感じさせてくれるからだ」と評価した。有栖川有栖の選評は「ミステリの面白さに目覚めた頃を思い出して、懐かしい気がした。シャーロック・ホームズもののシンプルさ、亜愛一郎ものの浮遊感と言えば、察していただけるだろうか。／推理に飛躍があり、結末がやや唐突。しかし、無理なところは作者も承知していて必ずフォローされているし、無理を補って余りある魅力を持っている。飛躍した推理を楽しむべきだろう」というもの。若竹七海は幾つかの弱点を指摘しながらも、「登場人物全員、特に犯人一味が『ミステリ国の住人』としてのファンタジーとリアリティを持って動いているのは間違いない。（中略）ミステリファンにとって楽しい作品であることは確かだ」と評している。これらの選評は、「夜の床屋」という小説の美点も弱点も正しく指摘しているように思える。特に若竹の「『ミステリ国の住人』としてのファンタジーとリアリティ」という表現は的確だ。本作における推理は必ずしも厳密性を重んじているわけではないものの、飛躍があるからこそ楽しいロジックもある、ということを教えてくれるのが本作の最大の美点にほかならない。そしてそれは、本書全体の特色でもある。

この「夜の床屋」の時点では、読者は本書のことを「日常の謎」系の短篇集だと思うかも知れない。では、続く「空飛ぶ絨毯」（《ミステリーズ！》28号所収）はどうか。この作品には高瀬は登場せず、佐倉が単独で探偵役を務めることになる。佐倉はイタリアに留学することになった八木美紀から二カ月以上前の体験について聞いた。彼女の家に泥棒が侵入し、他のものは何も盗まず、寝室の絨毯だけを持って行ったというのだ――高級品でもなんでもない、普通の絨毯を。しかも、そのあいだ美紀は絨毯の上のベッドで熟睡していたらしい。

謎そのものの奇妙な味わいと、その背後で進行していた出来事の意外な深刻さとの落差に仰天させられる作品だ。しかも、謎が解き明かされても物語は終わらず、更に驚愕の事実を突きつけてくる（のちに、年間の優秀な本格短篇をセレクトした本格ミステリ作家クラブ・編『本格ミステリ09』に収録されただけのことはある二転三転ぶりである）。展開と結末の意外性もさることながら、海霧の町を紹介する冒頭の幻想的な筆致が、思わず啞然とするような幕切れに説得力を付与している点も注目したい。

「ドッペルゲンガーを捜しにいこう」（以下、単行本刊行時の書き下ろし）では、佐倉は小学生の少年からドッペルゲンガー捜しに誘われる。同じクラスの友人が自分のドッペルゲンガーを見てしまったのだという。自分のドッペルゲンガーを見た者は数日以内に死ぬが、ドッペルゲンガーの影を踏みつけて動けなくし、その涙に触れると呪いは解けるらしい。佐倉は小学生たちと一緒に、ドッペルゲンガーが潜んでいるという町外れの廃工場に足を踏み入れたが……。果たしてそれは子供たちの悪戯《いたずら》なのか、それとも何か隠された目的が秘められているのか。これまた先が読めない展開が魅力的な一篇だ。

「葡萄荘のミラージュ Ⅰ」は、初代当主の恩人もしくはその後継者に譲り渡すまで、外観・内装から調度品まで一切手を加えてはならない——という遺言がまつわる洋館「葡萄荘」が舞台。初代当主が館内のどこかに隠した宝を捜し出そう——という友人の誘いに乗った佐倉は、高瀬と二人で葡萄荘を訪れることになったが、友人は一昨日《おととい》から館内に閉じこもっているという……。奇妙な遺言、宝捜し、姿を消した友人、葡萄荘に集まった夥《おびただ》しい猫……と、いかにも本格ミステリらしいさまざまな謎が鏤《ちりば》められた非常に楽しい作品だが、その内容が思わぬ方向へと発展するのが続篇の「葡萄荘のミラージュ Ⅱ」である。実はこの作品から「エピローグ」まではひとつの中篇になっており、あいだに挟まれた「『眠り姫』を売る男」は作中作のかたちを取っている。既に触れたように、この「『眠り姫』を売る男」は第三回ミステリーズ！新人賞で最終候補に残った作品だ。スコットランドの深い森にある監獄の新入り囚人である元美術商クインは、共同経営者を殺され、自らも殺し屋に命を狙われたため、自分が共同経営者を殺したと偽りの自白をして監獄に逃げ込んできたらしい。やがて、監獄で殺人事件が起きた。被害者は死に際に「女がいた」と言い残したが、監獄に女が出入りした形跡はない。謎の女は、警戒厳重な監獄でどのようにして不可能殺人を遂行したのか？

本作が元来、連作の中の一篇ではなく独立した作品だったことを思えば、その次の回に応募した「夜の床屋」との作風の違いに驚かされるだろう。この作品について、第三回同賞選考委員の綾辻行人は完成度を認めつつ「話が推理小説的な解決には向かわず、怪奇幻想小説的な広がりに行き着いて終わってしまう」という点に不満を表明している（そのぶん、翌年の「夜の床屋」で著者の抽斗の多さに驚嘆したことは先述の通り）。確かにこの作品は、不可能犯罪テーマでありながら決着は完全に合理的というわけではない（幻想ミステリのロジックとしては一定の説得力を持っているとは思うが）。しかし、「葡萄荘のミラージュ Ⅱ」「『眠り姫』を売る男」「エピローグ」の三作を一続きの最終話として読む時、短篇集全体の印象までもが大きく変貌するのが本書の大胆な試みなのだ。最初は奇抜だがささやかな謎と、その背後に存在する意外な真相の落差を楽しむ連作だと思っていたのが、物語全体のスケールの大きさはそれどころではなかったことが判明し、今までのエピソードに含まれていたやや曖昧《あいまい》な部分さえも、新たな解釈を与えられて再浮上してくる。そして眼前に開けるのは、冒頭の時点では想像もしなかったような異形の世界像なのである。だがそれが明らかになった時、読者は期待と違っていたという肩透かし感よりは、童話の世界への招待状を手渡されたような、何かわくわくするものを感じないだろうか。

作中の時代や舞台も、作風自体も全く異なる「夜の床屋」と「『眠り姫』を売る男」を、連作として同時収録しようという奇抜な発想がどのように生まれたのかは不明だが、結果的に本書には、多彩なミステリ短篇集であるのみならず、ジャンルをまたいだ世界が詰め合わせになっているような楽しさとスリリングさが備わることになった。それでいて読後のカタルシスは本格ミステリそのものというのが不思議だが、それは、いかに物語自体は合理から逸脱しているように見えても、伏線の張り方とその回収さえ作法を踏襲していれば本格ミステリになり得るということの証明と言えるだろう。

このような才気《さいき》煥発《かんぱつ》なデビュー短篇集を読むと、次の作品を読みたいと思うのは自然な人情だろうが、著者の作品は本書収録作以外には今のところ、殺し屋がある女性から自分のもうひとつの人格を消してほしいという奇妙な依頼を受ける「ユーレイ屋敷の人形遣い」（《小説宝石》二〇〇八年八月号所収）くらいしかない。前記「受賞のことば」では「のんきな性格」を唯一の取り柄と自ら述べていたけれども、そろそろ次の作品を読ませてほしい……と思っていたところ、いよいよ初長篇『北半球の南十字星（仮題）』が東京創元社から刊行されるようだ。お伽の世界を舞台にした海賊の物語、しかも密室ものでもあるということで、今度はどのような不思議で魅力的な世界を繰り広げてくれるのか、大いに期待したい。

本書は、二〇一一年に小社より刊行された『インディアン・サマー騒動記』の改題・文庫化です。なお、「空飛ぶ絨毯」は二〇一三年に講談社文庫より刊行されたアンソロジー『空飛ぶモルグ街の研究』（『本格ミステリ09』改題）収録版を底本としています。

著者紹介　1967年大阪府生まれ。2006年,「『眠り姫』を売る男」で第3回ミステリーズ！新人賞最終候補作に選出される。翌07年,同賞に投じた「夜の床屋」で,第4回ミステリーズ！新人賞を受賞しデビュー。

検印
廃止

夜の床屋

2014年6月27日　初版
2014年11月14日　8版

著者　沢《さわ》　村《むら》　浩《こう》　輔《すけ》

発行所（株）東京創元社
代表者　長谷川晋一

162-0814/東京都新宿区新小川町1-5
電話　03·3268·8231-営業部
03·3268·8204-編集部
URL　http://www.tsogen.co.jp
振替　00160-9-1565
萩原印刷・本間製本

ISBN978-4-488-43711-4　C0193

安楽椅子探偵の推理が冴える連作短編集

ALL FOR A WEIRD TALE ◆ Tadashi Ohta

奇談蒐集家

太田忠司

創元推理文庫

◆

求む奇談、高額報酬進呈（ただし審査あり）。

新聞の募集広告を目にして酒場に訪れる老若男女が、奇談蒐集家を名乗る恵美酒と助手の氷坂に怪奇に満ちた体験談を披露する。

シャンソン歌手がパリで出会った、ひとの運命を予見できる本物の魔術師。少女の死体と入れ替わりに姿を消した魔人……。数々の奇談に喜ぶ恵美酒だが、氷坂によって謎は見事なまでに解き明かされる！

安楽椅子探偵の推理が冴える連作短編集。

収録作品＝自分の影に刺された男，古道具屋の姫君，
不器用な魔術師，水色の魔人，冬薔薇の館，金眼銀眼邪眼，
すべては奇談のために

目から鱗の連作歴史ミステリ短編集

THE GANRYUJIMA RIDDLES◆Takai Shinobu

漂流巌流島

高井 忍

創元推理文庫

◆

宮本武蔵は決闘に遅れなかった!?
人使いの荒い監督に引きずり込まれて、
チャンバラ映画のプロットだてを
手伝う破目になった主人公。
居酒屋の片隅で額を寄せ合い、あーでもない、
こーでもないと集めた史料を検討していくと、
巌流島の決闘や池田屋事件など、
よく知られる歴史的事件の
目から鱗の真相が明らかに……！
第二回ミステリーズ！新人賞受賞作を含む四編収録の、
挑戦的歴史ミステリ短編集。

収録作品＝漂流巌流島，亡霊忠臣蔵，慟哭新選組，
彷徨鍵屋ノ辻